La taberna
de los cuatro vientos

1.ª edición: enero, 2014

© Alberto Vázquez-Figueroa, 1994
© Ediciones B, S. A., 2014
   para el sello B de Bolsillo
   Consell de Cent, 425-427 - 08009 Barcelona (España)
   www.edicionesb.com

Printed in Spain
ISBN: 978-84-9872-903-0
Depósito legal: B. 25.875-2013

Impreso por EGEDSA

Alberto Vázquez-Figueroa

La taberna
de los cuatro vientos

LA TABERNA
DE LOS CUATRO VIENTOS

Fue estrenada el treinta de septiembre de 1994 en el cine Castilla de Arévalo, Ávila, y el veintitrés de noviembre de 1994 en el Teatro Español de Madrid, con el siguiente

REPARTO
(por orden de intervención)

CATALINA BARRANCAS	Emma Penella
ALONSO DE OJEDA	Juan Ribó
GERTRUDIS AVENDAÑO	Carmen Rossi
FRANCISCO PIZARRO	Jesús Prieto
VASCO NÚÑEZ DE BALBOA ..	Nicolás Romero
BEATRIZ MONTENEGRO	Blanca Marsillach
LEONOR BANDERAS	Flavia Zarzo
RODRIGO	Carlos Bofill
CAMEJO	Diego Carvajal
GARROTE	Adolfo Juan López
HERNÁN CORTÉS	Juan Carlos Naya
PONCE DE LEÓN	Ángel Amorós
DIEGO ESCOBAR	Félix Navarro
CIFUENTES	Felipe Jiménez
ANCIANO	Joaquín Molina
INDÍGENA	Pilar Cervantes
ISABEL	Encarna Gómez

FICHA ARTÍSTICA

MÚSICA ORIGINAL .... Gregorio García Segura
ESCENOGRAFÍA .... Gil Parrondo
DISEÑO ILUMINACIÓN ...... Insuel, S. L.
FIGURINES .... Vega Baja, S. L.
DISEÑO GRÁFICO .... Francisco Sanz
FOTOGRAFÍAS .... Jesús Alcántara
PELUQUERÍA .... Vda. de Ruiz
MAESTRO DE ESGRIMA .... Iñaki Arana
AYUDANTE DE DIRECCIÓN ... Ana González

FICHA TÉCNICA

REALIZACIÓN DECORADOS ... Enrique López
REALIZACIÓN VESTUARIO ... Peris Hermanos
ATREZZO .... Mateos
GRABACIÓN BANDA SONORA .. Regson
GERENCIA .... Miguel Alonso
REGIDORA .... Ana María González
ELÉCTRICO .... Ginés Martín
MAQUINISTA .... Rafael Barragán
SASTRERÍA .... Maruja González
PRODUCCIÓN EJECUTIVA .... Vega Baja, S. L.

DIRECTOR

GUSTAVO PÉREZ PUIG

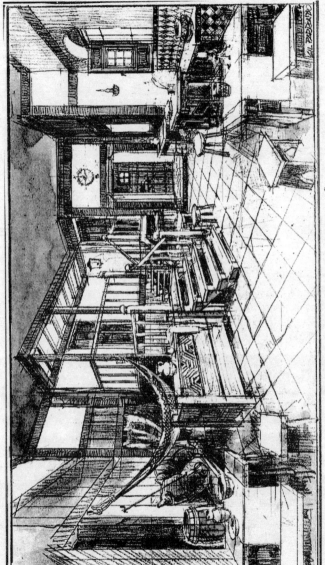

"LA TABERNA DE LOS CUATRO VIENTOS"

ACTO PRIMERO

PRIMAVERA DE 1504

La famosa TABERNA DE LOS CUATRO VIENTOS, en la esquina de la plaza de Armas de Santo Domingo, capital de la isla LA ESPAÑOLA.

Es media mañana y tan sólo CATALINA, la guapetona mesonera, se encuentra en escena en esos momentos, atareada en limpiar los suelos y recoger las sillas que aparecen colocadas sobre las mesas mientras canturrea una tonadilla pegadiza.

Al poco la puerta se abre y en el umbral se recorta la figura de DON ALONSO DE OJEDA, un hombre de unos treinta y cinco años, muy delgado y de corta estatura, que viste humildemente aunque con dignidad, y cuyo porte es de increíble altivez y prestancia, de persona segura de sí misma y segura, sobre todo, del respeto que impone la larga espada que pende de su cintura.

OJEDA: ¡Buenos días, Catalina! ¿Puedo pasar?

CATALINA: *(sorprendida)* ¡Desde luego, don Alonso! Siempre está abierto para los amigos, aunque pronto llega hoy su Excelencia.

OJEDA:	El calor, que me echa de casa en cuanto el sol aprieta. Y es que tu taberna es el único lugar fresco de la isla.

(LA MESONERA se aproxima a una mesa algo apartada, que se apresura a dejar reluciente, bajando las sillas y acomodando una para que su huésped tome asiento)

CATALINA:	Un indígena nos indicó cómo construirla para aprovechar la brisa que llega del mar… ¡Sentaos!… Cuando sea rica, pondré una placa aquí, en la pared: «Mesa reservada para su Excelencia don Alonso de Ojeda, gobernador de Coquibacoa»…

OJEDA:	*(alzando la mano)* Olvida el «Excelencia» y olvida el «gobernador». Para ti siempre seré «Alonso» a secas.

CATALINA:	Honor que me hace, pero sabéis bien que jamás podría tutearos… ¿Una jarrita de vino y un poco de pan y queso?

OJEDA:	¡No, gracias! Lo único que busco es un lugar fresco donde escribir.

(ha sacado de su bolsa papel, una pluma de ave y un tintero portátil que coloca cuidadosamente ante él tras tomar asiento; LA MESONERA le observa con innegable afecto y admiración)

CATALINA:	Me gustaría aprender a leer aunque tan sólo fuera por saber qué es lo que habéis

escrito durante tanto tiempo. ¿Cuándo terminaréis vuestro libro?

OJEDA: *(sonriendo)* Nunca. Es la historia de mi vida, y todos aseguran que soy inmortal.

CATALINA: *(divertida)* Quien ha sobrevivido a más de veinte batallas y docenas de duelos sin recibir ni siquiera un rasguño, tiene que serlo… ¿Cómo lo habéis conseguido?

OJEDA: Siendo pequeño y ágil. Alguien dijo una vez que intentar herirme era como tratar de ensartar un abejorro en vuelo. Siempre pinchan en el aire.

CATALINA: *(curiosa)* ¿Y contaréis todas vuestras aventuras y pendencias?

OJEDA: Sólo las que valieron la pena.

(LA MESONERA hace un significativo gesto hacia afuera, hacia la plaza, como si los dos supieran, sin necesidad de especificarlo, a qué se está refiriendo)

CATALINA: ¿Hablaréis de Anacaona?

OJEDA: Es lo que estoy haciendo ahora.

CATALINA: ¿Es cierto que una noche se presentó en vuestra casa cubierta de joyas que arrojasteis al mar para demostrarle que la amabais por ella misma y no por sus riquezas?

— 15 —

OJEDA: *(incómodo)* ¡Oh, vamos!… ¿Por qué sois las mujeres tan aficionadas a los chismes?

CATALINA: *(riendo)* Porque si no fuera así, no seríamos mujeres. Decidme… ¿es cierto o no?

OJEDA: *(guiñando un ojo)* Tendrás que aprender a leer para saberlo, aunque lo que quiero contar sobre la princesa Anacaona no son anécdotas pueriles, sino dejar constancia de que al ahorcarla se cometió el más horrendo crimen de la Historia.

CATALINA: Eso puede enfrentaros con el gobernador.

OJEDA: Decir verdades, batirme en duelo y tener problemas ha sido siempre mi sino. ¿Qué otra cosa puedo hacer frente a las iniquidades de Ovando? ¿Callar y otorgar?

(LA MESONERA vuelve al mostrador y se afana en la tarea de secar vasos mientras agita la cabeza, pesimista)

CATALINA: ¡Ay, don Alonso, don Alonso…! Esa manía de enmendar entuertos y enfrentaros al mundo será vuestra ruina. Con otro carácter hace ya tiempo que os habrían nombrado gobernador de Santo Domingo y no de ese fantástico reino de Coquibacoa que ni San Cristóbal sabe dónde se encuentra… A veces creo,

Total Paid: $20.00

y perdonadme, que no habéis crecido más por lo mucho que os pesa la cabeza, a fuer de testarudo…

(OJEDA se limita a sonreír para enfrascarse a continuación en la escritura concentrándose en lo que hace, mientras CATALINA llena una jarra de vino y se lo sirve)

CATALINA: ¡Cortesía de la casa!

(vuelve a su puesto y continúan los dos en silencio, cada uno dedicado a lo suyo, hasta que hace su aparición GERTRUDIS AVENDAÑO: una mujer de unos cuarenta años y ojos penetrantes, como de alucinada, que tras parpadear unos instantes para acostumbrarse a la penumbra, inquiere:)

GERTRUDIS: ¡Buenos días! ¿Seríais tan amable de servirme una limonada?

CATALINA: *(dudando)* Aún no es hora de abrir, pero pasad. Lo que está cayendo ahí fuera es fuego.

(sirve de una jarra un vaso de limonada y va a colocarlo sobre una mesa de la que retira también las sillas. La recién llegada toma asiento, se seca el sudor con un pañuelo y bebe con ansia)

GERTRUDIS: ¡Gracias! ¡Muchas gracias! Me habían advertido sobre el clima de esta isla, pero creí que exageraban. ¡Ni Sevilla en agosto…! Y lo peor es la humedad. Me hace sudar a chorros.

*(deja una pesada moneda de oro sobre la mesa y CATA-
LINA la toma observándola con evidente admiración)*

CATALINA: ¡Diantre! No se ven muchas de éstas
por aquí. Tendré que buscar cambio.
¿Os importa esperar?

GERTRUDIS: ¡En absoluto! Aquí se está muy a gusto.

*(CATALINA desaparece por la puerta que se encuen-
tra tras el mostrador y GERTRUDIS AVENDAÑO se
concentra en beber despacio su limonada mientras
observa todo a su alrededor, y por último fija la mirada en OJEDA, que permanece ausente escribiendo
o entrecerrando los ojos como si tratase de recordar
algo. Al poco, la otra inquiere:)*

GERTRUDIS: Perdonad que os interrumpa, caballero.
¿Por casualidad estáis escribiendo vuestras memorias?

OJEDA: *(sorprendido)* Así es, en efecto. ¿Cómo
lo habéis notado?

GERTRUDIS: El movimiento de vuestra mano no es el
de alguien que escribe una carta de
amor o de negocios, sino el de quien
cuenta cosas que surgen de lo más re-
cóndito de su mente.

OJEDA: No cabe duda de que sois una excelente
observadora. ¡Os felicito!

GERTRUDIS: *(con naturalidad)* Es mi oficio. Permitid
que me presente: me llamo Gertrudis

Avendaño y acabo de llegar a Santo Domingo.

OJEDA: *(incrédulo)* ¡Gertrudis Avendaño! ¿La famosa Gertrudis Avendaño, de Ávila? *(ella asiente con una sonrisa)* ¿Y cómo así, tan lejos de Castilla?

GERTRUDIS: En busca de nuevos horizontes. Soñé que cruzaba el mar y me establecía en un lugar en el que sería testigo de cómo el futuro se convertía en presente, y aquí estoy.

OJEDA: Extraña explicación para tan largo viaje.

GERTRUDIS: Lo verdaderamente extraño nunca tiene explicación, pero cuando alguien como yo tiene un sueño semejante, debe hacerlo realidad. ¿Me permitiríais leer en vuestras manos?

OJEDA: Lo haría con mucho gusto, pero no tengo un mal maravedí con que pagaros, ni por desgracia creo que vaya a tenerlo en mucho tiempo.

GERTRUDIS: No he cruzado el océano para hacer fortuna, que por suerte mi fortuna ya está hecha y mi sueño es de otra clase. ¿Me permitís?

(se pone en pie para ir a tomar asiento frente al desconcertado ALONSO DE OJEDA, que tras unos instantes de duda acaba por encogerse de hombros para

extender las manos con las palmas hacia arriba. La
mujer las observa y podría decirse que de improviso
se aísla del mundo que le rodea y no existe nada más
que aquellas manos que estudia con profundo dete-
nimiento. En ese momento entra CATALINA, que
trae unas monedas y, al observar la escena, perma-
nece tras el mostrador visiblemente desconcertada.
OJEDA alza los ojos hacia ella e intercambia una
mirada de complicidad)

OJEDA: ¿Y bien? ¿Qué habéis visto?

GERTRUDIS: Sangre. Demasiada sangre derramada
                sin rencor, odio ni ambición. Habéis
                matado a muchos hombres sin motivo.

OJEDA: La mayoría imaginaban que matándo-
                me se harían famosos, pero eso es cosa
                del pasado y no viene al caso. ¿Qué más
                habéis visto?

GERTRUDIS: Muchas cosas. ¿Queréis la verdad? ¿La
                verdad sin tapujos?

OJEDA: Supongo que no habéis cruzado el océa-
                no para contar mentiras. Y yo no tengo
                tiempo ni humor para escucharlas.

(GERTRUDIS observa a CATALINA, que no pierde
detalle, e inquiere con intención:)

GERTRUDIS: ¿Os importa…? Lo que tengo que decir
                sólo puede oírlo el interesado.

(la otra está a punto de responder de mala manera, pero al fin lanza un resoplido que denota su malhumor y se aleja hacia el extremo del mostrador, donde se dedica a cortar rodajas de pan que va echando en un cesto. Cuando se cerciora de que no puede oírles, GERTRUDIS añade:)

GERTRUDIS: Vuestras manos son como un libro con palabras tan claras que incluso a mí, que tantas manos he visto, me sorprenden. Y está escrito que vendrá un hombre con el que emprenderéis un largo viaje, aunque por desgracia él no llegará a su destino.

OJEDA: ¡Juan de la Cosa! Hace tiempo que espero su regreso. Pero ¿por qué no llegará a su destino?

GERTRUDIS: Lo ignoro. Estoy leyendo vuestras manos, no las suyas. Vos llegaréis, pero ese lugar se convertirá en un infierno y será alguien a quien aborrecéis quien se beneficiará de vuestro esfuerzo, al tiempo que a vos os acosan todas las desgracias.

OJEDA: No suena halagüeño.

GERTRUDIS: Os advertí que la verdad suele ser amarga. Allá en la corte venían a verme gentes que no querían conocer su destino, sino que les confirmara que sería el que pretendían que fuese. Por eso vine a buscar hombres que no temieran la verdad. ¡Habéis sido el primero!

OJEDA: (agrio) Dudoso honor si tan negro me
                  lo pintáis. ¿Qué me decís sobre mi
                  muerte?

GERTRUDIS: Las líneas de las manos son distintas en
                  todas las personas, pero la muerte es
                  siempre la misma, y algo tan íntimo,
                  que ni siquiera yo debo intervenir. Lo
                  que sí puedo deciros es que vuestra
                  fama perdurará durante siglos, y habrá
                  quien asegure que fuisteis el más valien-
                  te y el mejor, aunque os persiguiera la
                  desgracia.

OJEDA: ¡Triste consuelo!

(GERTRUDIS AVENDAÑO se interrumpe un instante
porque en la balaustrada del piso alto, a la que se
abren las puertas de varias habitaciones, acaba de
hacer su aparición un hombre delgado hasta parecer
ascético, de casi treinta años y gesto amargado, que
se limita a acodarse en la baranda y observarles con
innegable curiosidad. Cuando vuelve a mirar a OJE-
DA la quiromántica inquiere:)

GERTRUDIS: Sois Alonso de Ojeda, ¿verdad? ¿El pri-
                  mero en entrar en Granada y el que cap-
                  turó al feroz cacique Canoabó?

OJEDA: Creí que lo sabíais.

GERTRUDIS: No podía saberlo. En Sevilla se decía
                  que estabais conquistando un reino del
                  que los reyes os han hecho gobernador.
                  Tenía razón mi sueño; apenas llegar tro-

piezo con vos. *(le muestra las palmas de sus manos)* ¡Mirad! Aquí dice que viviré cien años y conoceré a todos los grandes que harán Historia.

OJEDA: *(con humor)* Pues de momento habéis conocido al más pequeño... *(repara en el hombre que ha descendido por la escalera)* ¡Buenos días, Francisco! Ven para que te presente a Gertrudis Avendaño, la gran quiromántica que podrá aclararte si llegarás a ser alguien en la vida. Éste es mi buen amigo Pizarro.

GERTRUDIS: *(interesada)* ¿Uno de vuestros capitanes?

PIZARRO: *(agrio)* Aún no soy soldado. Pero algún día don Alonso me enseñará a manejar una espada y me llevará con él a conquistar imperios. *(ha recogido un paño del mostrador y se dedica a sacarle brillo a las mesas de las que va quitando las sillas)* Supongo que no os interesará leerle las manos a un mozo de taberna, ¿me equivoco?

GERTRUDIS: *(decepcionada)* ¡Tal vez otro día! Ahora tengo que regresar al barco y terminar de recoger mis libros y mi equipaje. ¿Dónde podría encontrar una habitación amplia y fresca? Pago bien.

CATALINA: *(rápida)* ¡Aquí mismo! Jamás acepto huéspedes, pero es que nunca se había presentado alguien como vos. Tengo una estancia, arriba, en la esquina, con balcón al mar, limpia y acogedora. ¿Os gustaría verla? Es muy bonita.

(GERTRUDIS duda un instante pero al fin asiente poniéndose en pie:)

GERTRUDIS: ¿Por qué no...?

(CATALINA la precede escaleras arriba, a todas luces feliz ante la idea de contar con tan ilustre huésped, y OJEDA y PIZARRO las observan hasta que desaparecen por la última de las puertas)

PIZARRO: Está visto que un mozo de taberna no interesa a nadie.

OJEDA: No lo serás eternamente. ¡Ten paciencia! Algún día conseguiré los medios de emprender la conquista de Coquibacoa, te llevaré conmigo y haremos grandes cosas juntos, pero de momento tienes que ganarte la vida y éste es un trabajo honrado.

PIZARRO: Indigno de alguien que se embarcó con Colón soñando con llevar a cabo fantásticas hazañas y al que tuvieron que abandonar aquí porque tenía diarrea. ¡Un héroe con diarrea...! ¡Bonito futuro me espera!

OJEDA: Lo indigno no son los trabajos, sino los hombres que los desempeñan. ¡Fíjate en

Ovando! Todo un gobernador y no co-
mete más que atrocidades. Ha ahorcado
a Anacaona y ahora pretende esclavizar
a los indios pese a que los reyes insisten
en que sean libres.

PIZARRO: *(con intención)* ¿Realmente creéis que
insisten?

OJEDA: Bien claro lo han dicho en público.

PIZARRO: ¡En público…! Pero en privado tal vez
sus órdenes sean otras, o de lo contrario
no se entiende que el gobernador que
ellos mismos han nombrado olvide sus
palabras.

OJEDA: España está muy lejos, y Ovando des-
precia tanto a los indígenas, que como
siga adelante con sus planes, mi mujer y
mis hijos pueden ser declarados esclavos. Incluso yo pasaría a ser un «salvaje» si se me ocurriese la idea de casarme
con Isabel, puesto que en lugar de acce-
der ella a la ciudadanía española por ser
mi esposa, me convertirían a mí en simple «siervo».

PIZARRO: ¡Nadie aceptará tal abominación!

OJEDA: ¡Tiempo al tiempo! Hace un año nadie
hubiese creído que la Corona fuese capaz de ahorcar a una mujer inocente…
Llegará un día…

(se interrumpe porque la puerta principal se ha abierto bruscamente para dejar paso a VASCO NÚÑEZ DE BALBOA, el hombre más sucio, desharrapado y maloliente que quepa imaginar, y que exclama nada más verle:)

BALBOA: ¡Don Alonso…! Gracias a Dios. Llevo toda la mañana buscándoos.

OJEDA: *(molesto)* Pues hazte a la idea de que no me has encontrado; no tengo ni un cobre y me debes ya una fortuna.

BALBOA: *(aproximándose)* No es por dinero por lo que os busco sino para proponeros un magnífico negocio.

PIZARRO: *(interponiéndose)* Todos tus negocios acaban en la cárcel, así que no molestes a don Alonso. Y sabes que a mi patrona no le gusta que entres aquí. ¡Apestas!

BALBOA: Es la miseria que huele así, pero ahora saldremos de ella. ¡Por favor! ¡Es sólo un instante!

OJEDA: ¿Qué diablos te ocurre?

BALBOA: Se trata de Diego Escobar.

OJEDA: *(indignado)* ¡No quiero ni oír hablar de él! Abandonó a Colón en Jamaica, traicionó a Roldán y traicionaría al mismísimo Jesús si reviviese. ¡Es un cerdo!

BALBOA: *(excitado)* ¡De eso se trata! Ha llegado el momento de ajustarle las cuentas y hacernos ricos. ¡Se ha casado! Y su mujer es la criatura más maravillosa que hayáis visto. ¡Casi una niña! Una especie de ángel que lo tiene absolutamente enloquecido.

OJEDA: ¿Y qué tiene eso que ver conmigo?

BALBOA: ¡Que se siente viejo! Por lo visto no puede darle a esa celestial criatura todo el amor que desearía, y se ha empeñado en encontrar la isla de Bimini y su fabulosa Fuente de la Eterna Juventud.

OJEDA: ¡Qué tontería! ¡Eso son patrañas! ¿A quién se le ocurre?

BALBOA: ¡A Ponce de León! Está convencido de que existe esa Fuente y está enredando a Escobar para que financie una expedición en su busca. Le ha dicho que vos estuvisteis en esa isla y bebisteis de esa agua.

OJEDA: *(asombrado)* ¿Yo? Pero ¿qué barbaridad es ésa?

BALBOA: Una barbaridad que nos puede sacar de la miseria. Escobar robó y engañó a cuantos se cruzaron en su camino, es el hombre más rico y usurero de la isla, pero está dispuesto a gastárselo todo con tal de volver a ser joven. ¡Es la ocasión, Excelencia! ¡La gran ocasión!

PIZARRO: *(meditabundo)* ¡Es cierto! ¡Ese canalla se merece todo lo que se le haga! Tiene más muertes sobre su conciencia que el huracán del año pasado y además es una sanguijuela que explota a los más necesitados.

OJEDA: En eso estoy de acuerdo. ¡Pero de ahí a hacerle creer que existe una Fuente de la Eterna Juventud...!

BALBOA: ¡A vos os creería! ¿Quién va a dudar del gran Alonso de Ojeda? ¡Os respeta! Sois la única persona de este mundo a la que teme y respeta. Aseguradle que existe esa isla y soltará su oro como si fuera arena.

OJEDA: ¡Yo no puedo decir una cosa así! ¡Nunca he mentido!

BALBOA: ¡Por una vez...! ¡Y a Escobar...!

OJEDA: ¡Lo siento, pero no...! Mi conciencia me lo prohíbe.

(PIZARRO interviene tomando asiento a la mesa, a la que se ha sentado también, suplicante, BALBOA)

PIZARRO: ¡Vamos, don Alonso! ¡Olvidaos de la conciencia...! ¡Mirad a lo que os ha conducido ser tan honrado! No tenéis ni para dar de comer a vuestros hijos. Sois el mejor capitán que ha dado España y estáis en la miseria.

OJEDA: Mi hambre es cosa mía. Y nadie podrá decir nunca que Ojeda mintió. Ni siquiera a ese cerdo de Escobar.

PIZARRO: ¡Pues no mintáis! Limitaros a no decir ni que sí, ni que no. Entre Ponce de León, Balboa y yo haremos el resto. *(a BALBOA)* ¡Entro en esto a partes iguales!

BALBOA: *(asintiendo)* Por mí de acuerdo. *(a OJEDA)* ¿Qué decís?

OJEDA: Que no entiendo qué es lo que os proponéis.

PIZARRO: Es muy sencillo: cuando Escobar os interrogue, respondéis con evasivas, como si lo que en verdad os preocupara fuera mantener el secreto. Al fin y al cabo parece lógico que no queráis revelar al primero que llega que habéis bebido de esa fuente.

OJEDA: *(estupefacto)* Pero ¿cómo se lo va a creer? ¿Acaso parezco un jovencito?

PIZARRO: ¡No! Pero para tener casi cincuenta años tenéis muy buen aspecto.

OJEDA: ¿Cincuenta años? ¿Es que te has vuelto loco? Tengo treinta y uno… ¡Creo!

PIZARRO: ¿Y cómo puede saberlo Escobar? ¿Acaso estaba presente cuando nacisteis? Si ya erais famoso durante la conquista de

Granada, y de eso hace más de doce años, lo lógico es que rondéis los cincuenta... ¿O no?

OJEDA: ¡Ni el más imbécil caería en una trampa semejante!

BALBOA: Nadie es más imbécil que quien imagina que una mujer que puede ser su nieta le ama por algo más que su dinero. Y Escobar se lo cree. Partiendo de ahí aceptará cualquier cosa. *(repara en CATALINA y GERTRUDIS que regresan e inquiere:)* ¿Quién es ésa?

PIZARRO: La mejor quiromántica del mundo. Pero no trata más que con caballeros.

(CATALINA, que desciende por las escaleras charlando con GERTRUDIS como si fueran ya grandes amigas, repara en la presencia de BALBOA y tuerce el gesto)

CATALINA: ¿Qué haces aquí? Te tengo prohibido entrar hasta que te bañes. Hiedes a perro muerto.

BALBOA: No tengo ni para jabón.

(la otra medita un instante, pasa al otro lado del mostrador y le arroja una cuadrada pastilla de jabón basto)

CATALINA: Vete al río, báñate y lávate la ropa. Luego buscas a doña Gertrudis en su barco y traes aquí su equipaje. Te daré tres maravedíes y el almuerzo.

BALBOA: ¡Trato hecho! *(a GERTRUDIS)* ¿Es cierto que leéis el futuro en la palma de las manos?

GERTRUDIS: ¡A veces!

(BALBOA le muestra la suya)

BALBOA: ¿Qué veis aquí?

GERTRUDIS: Mugre.

BALBOA: *(riendo)* No cabe duda de que sois buena en vuestro oficio. ¿Me leeréis el futuro algún día?

CATALINA: *(agresiva)* Los hombres como tú no suelen tener futuro. Sólo pasado.

BALBOA: ¡Nunca se sabe! La mugre se quita con jabón. Pero la ambición no se quita con nada. *(a OJEDA)* ¡Pensad en lo que os he dicho! Puede ser el principio de algo grande...

(sale con su pastilla de jabón en la mano, y todos permanecen en silencio hasta que, cuando ya ha desaparecido, GERTRUDIS inquiere:)

GERTRUDIS: Pese a la mugre me pareció que tenía una mano interesante... ¿Quién es?

OJEDA:	Vasco Núñez de Balboa, un borrachín, putañero, pedigüeño y tramposo. Pero es también uno de los tipos más valientes que conozco, y el único espadachín al que no me gustaría enfrentarme... ¡Es bueno! ¡Muy bueno!
CATALINA:	*(despectiva)* ¡Es un asco! ¡Y un inútil!
OJEDA:	Un asco, sí. En cuanto a lo de inútil... Al otro lado de ese mar se abre un Nuevo Mundo plagado de selvas, bestias y salvajes. Y ahí será mucho más útil un Balboa que diez perfumados caballeros. Nunca lo llevaría conmigo, pero quien lo haga contará con un buen elemento.
GERTRUDIS:	Algún día le leeré las manos. Si es que llega a lavárselas.
PIZARRO:	*(ansioso)* ¿Y las mías?
GERTRUDIS:	*(sin interés)* ¡Algún día...! He de preparar el equipaje por si en verdad va a recogerlo... ¡Buenos días!
TODOS:	*(ad libitum)* ¡Buenos días!

(sale GERTRUDIS AVENDAÑO, y PIZARRO, que está concluyendo de colocar las sillas, inquiere un tanto extrañado:)

| PIZARRO: | ¿Cómo es que le habéis ofrecido una habitación? Creí que no os gustaba tener huéspedes. |

CATALINA: Y sigue sin gustarme, pero hasta una marquesa daría años de vida por hospedar a esa mujer. ¿Sabías que predijo la muerte del príncipe Miguel y la boda de la princesa Catalina?

PIZARRO: No tenía ni idea.

CATALINA: ¡Pues así es! Lo suyo es una ciencia, y tenerla aquí prestigiará mi casa. La trataré como a una reina. Es hora de preparar la comida.

(desaparece por la puerta que hay detrás del mostrador, y el malhumorado PIZARRO masculla con acritud:)

PIZARRO: Pues lo que es yo le echaré moscas en la sopa. *(a OJEDA)* ¿Qué opináis?

OJEDA: Mejor es no opinar sobre esas cosas.

PIZARRO: ¿Y de lo otro? ¿De lo de Escobar?

OJEDA: Jamás he engañado a nadie y no creo que sea el momento de empezar.

PIZARRO: ¿Por qué no? Seguro que Escobar será más feliz gastando su dinero en buscar una supuesta Fuente de la Eterna Juventud, que en afrodisíacos que acabarán por destrozarle el estómago.

OJEDA: Tal vez, pero no nací para pícaro, sino para intentar coronar grandes hazañas, aunque sean otros los que a la larga se beneficien de mi esfuerzo.

(*PIZARRO le observa sorprendido por el pesimista tono de su voz, y aproximándose con una nueva jarra de vino que deposita ante él, inquiere:*)

PIZARRO: ¿Qué habéis querido decir? ¿Quién va a beneficiarse de vuestro esfuerzo sino vos mismo?

OJEDA: No lo sé. Es lo que ha dicho Gertrudis Avendaño al leerme las manos.

PIZARRO: ¡Ah, vamos! No hagáis caso de esa bruja. Ya me encargaré yo de ponerla en su sitio.

(*oyen unos tímidos golpes en la puerta principal, que aparece entreabierta, y al poco se distingue la maravillosa figura de BEATRIZ MONTENEGRO, una criatura de unos dieciséis años, vaporosamente vestida y que tiene el rostro más inocente y angelical del mundo, unido a un cuerpo escultural y absolutamente prodigioso. Su voz y sus gestos son —de igual modo— de una notoria candidez, aunque su forma de caminar desborda sensualidad*)

BEATRIZ: Buenos días, y disculpen las molestias, pero me han dicho que tal vez podría encontrar aquí a su Excelencia el gobernador Alonso de Ojeda.

(*el alelado PIZARRO no acierta a pronunciar palabra, se limita a mirarla de arriba abajo, como si se*

tratara de una aparición divina, y por último hace
un gesto hacia OJEDA, que se ha puesto en pie igual-
mente impresionado y se inclina levemente ante la
muchacha)

OJEDA: Yo soy Alonso de Ojeda, señorita. ¿En
              qué puedo serviros?

BEATRIZ: Señorita no…: Señora. Me llamo Bea-
              triz Montenegro y soy la esposa de don
              Diego Escobar. Supongo que le conoce-
              réis.

(OJEDA trata de contener un gesto de desprecio o
desagrado, y no cabe duda de que le sorprende se-
mejante relación)

OJEDA: Sí. Naturalmente que conozco a don
              Diego. Aunque cierto es que no nos tra-
              tamos mucho. Frecuentamos diferentes
              esferas.

BEATRIZ: Lo imagino… ¿Puedo sentarme?

OJEDA: ¡Naturalmente! Una limonada para la
              señora, por favor.

(PIZARRO obedece y coloca ante BEATRIZ una jarra
de limonada y un vaso quedando en pie, frente a
ella, observándola admirado, pero la firmeza con
que la muchacha le devuelve la mirada, como pre-
guntándole qué diablos quiere, le obliga a regresar
avergonzado al otro lado del mostrador)

OJEDA: *(sentándose)* ¿Y bien? ¿Qué deseáis de mí?

BEATRIZ: Se trata de don Diego… Es ya un hombre… maduro… y no se encuentra muy bien de salud.

OJEDA: La última vez que le vi, hace seis meses, tenía buen aspecto.

BEATRIZ: *(suspirando)* ¡Sí!, es cierto. Entonces, sí… Pero tras la boda se ha desmejorado mucho… Yo creo que es cosa de este clima… ¡tan húmedo y sofocante!

(OJEDA aparta los ojos del generosísimo escote de la muchacha y asiente poco convencido)

OJEDA: ¡Es posible! En ocasiones el calor se vuelve insoportable y corta el aliento.

BEATRIZ: Últimamente le afecta en exceso, se fatiga, respira con dificultad, y hace tres noches le dio un ataque que casi se me queda muerto aquí, sobre los pechos.

OJEDA: ¡No me extraña…! *(carraspea)* Quiero decir que hace tres noches hizo un calor infernal.

BEATRIZ: ¡Pues bien…! Parece ser que, según Ponce de León, vos sois la única persona de este mundo que ha estado en la isla de Bimini y ha bebido de su milagrosa Fuente de la Eterna Juventud. ¿Es eso cierto?

(resulta evidente que la pregunta coloca a OJEDA en una difícil situación, busca con la mirada a PIZARRO pidiendo ayuda, pero éste se ha alejado hasta el otro extremo del mostrador y dándole la espalda llena jarras de vino, por lo que no puede verle. Por último, incómodo, replica:)

OJEDA: ¡Pues veréis, señora…! Cierto, cierto… lo que se dice cierto, es algo difícil de determinar. Como comprenderéis, no es asunto del que se deba hablar con todo aquel que venga a interesarse, porque…

(BEATRIZ le interrumpe alzando la mano, y de inmediato extrae una bolsa que hace tintinear indicando que está llena de monedas, y que coloca ante él)

BEATRIZ: ¡Continuad!

OJEDA: ¿Estáis tratando de comprarme?

BEATRIZ: *(tranquila)* ¡Naturalmente! No soy tan estúpida como para pretender que me deis semejante información por mi cara bonita. Sois un hombre valiente que se ha arriesgado recorriendo lugares llenos de increíbles peligros. Si en el transcurso de esos viajes habéis recalado en Bimini, tal vez con peligro de perder la vida, no tenéis por qué facilitarme dicha información de forma gratuita. ¿No os parece justo?

(OJEDA se pone en pie y da varias zancadas reco-
rriendo la estancia nervioso y desconcertado)

OJEDA: Sois una joven extraña, que sabe lo que
                quiere y cómo obtenerlo, pero el dinero
                no lo es todo por mucho que yo lo ne-
                cesite. Como comprenderéis, si estuvie-
                se dispuesto a revelar el secreto de dón-
                de se encuentra la isla de Bimini y la
                Fuente de la Eterna Juventud, podría
                hacerme inmensamente rico y…

BEATRIZ: ¡Perdonad, don Alonso…! Creo que no
                me habéis entendido. Yo no pretendo
                que me reveléis tal secreto. De momento
                no me interesa para nada dicha Fuente.

OJEDA: *(sorprendido)* ¿Ah, no? ¿Y ese dinero…?

BEATRIZ: Ese dinero es para que continuéis guar-
                dando el secreto.

OJEDA: ¡No comprendo!

BEATRIZ: ¡Pues es muy simple! Pertenezco a una
                familia venida a menos; mi padre no
                tuvo el más mínimo escrúpulo en casar-
                me, por dinero, con uno de los hombres
                más asquerosos del planeta, y lo único
                que ha impedido que me tire al mar es
                confiar en que tan desgraciado matri-
                monio sea lo más breve posible. Las de-
                gradaciones a que me somete ese cerdo
                me repugnan y, por lo tanto, la sola idea
                de que pueda encontrar la Fuente de la

Eterna Juventud me aterroriza. Es cuestión de supervivencia: o él, que ya ha vivido lo que le corresponde, o yo, que tengo toda una existencia por delante.

OJEDA: ¡Demonios! ¿Queréis hacerme creer que…?

BEATRIZ: Que si el Señor ha dispuesto que don Diego Escobar dure un tiempo determinado, ni él, ni Ponce de León, ni vos, deberían intentar enmendarle la plana… ¿Está claro?

OJEDA: ¡Muy, muy claro! ¿Entonces ese dinero es…?

BEATRIZ: Para ayudaros a continuar tan mudo como hasta ahora… *(hace una significativa pausa)* ¡A no ser que…!

OJEDA: *(interesado)* A no ser que… ¿qué?

BEATRIZ: Que habría mucho más dinero si estuvierais en condiciones de enviar a don Diego en busca de esa isla en cualquier otra dirección, de forma tal que se pasase algunos meses… ¡o años!, navegando por esos mares de Dios.

OJEDA: ¿Acaso os gusta viajar?

BEATRIZ: *(con picardía)* ¡En absoluto! Yo me quedaría aquí, esperándole como una buena esposa.

OJEDA: Si está tan enamorado como es de supo-
              ner, no creo que acepte. Yo no lo haría,
              y no creo que consigáis convencerle.

BEATRIZ: Yo no, pero vos sí.

OJEDA: ¿Yo…? ¿Cómo?

BEATRIZ: Haciéndole comprender que ninguna
              mujer se puede aproximar a la isla de
              Bimini puesto que en ese caso el agua
              de la Fuente se agriaría, tal como ocurre
              con ciertos vinos cuando una mujer en-
              tra en la bodega.

OJEDA: *(incrédulo)* ¿Y quién se va a creer seme-
              jante patraña?

BEATRIZ: *(sonriendo)* El mismo que sea capaz de
              creer que existe una Fuente de la Eterna
              Juventud…: un viejo chocho, cruel y
              degradado, que se niega a aceptar que
              tiene ya un pie en la tumba y le ha llega-
              do el momento de rendir cuentas por
              sus infinitas iniquidades.

OJEDA: ¡Empiezo a sospechar que le aborrecéis!

BEATRIZ: Si incluso quienes ni siquiera le conocen
              le aborrecen por todo el mal que ha cau-
              sado, imaginaos lo que puede sentir
              quien tiene que dormir con él cada no-
              che, soportando sus babas y caricias.

(OJEDA medita unos instantes, vuelve a tomar asiento, y observa a la muchacha con idéntica admiración, pero bajo un nuevo prisma, pues no cabe duda de que en realidad ha conseguido intrigarle, divertirle y desconcertarle)

OJEDA: Me colocáis en una difícil situación. Me fascina la idea de ayudaros y aprovechar para ajustar las cuentas a ese malnacido, pero me repugna la idea de engañar a alguien que personalmente no me ha hecho nada.

BEATRIZ: ¡Seréis el único...! Aunque tal vez no; tal vez tengáis algo que reclamarle. Apreciabais mucho a la princesa Anacaona, ¿no es cierto?

OJEDA: ¡Mucho, en efecto!

BEATRIZ: En ese caso os interesaría el borrador de la carta que don Diego envió al gobernador pidiéndole que ahorcara de inmediato a Anacaona porque tenía noticias de que los reyes pensaban indultarla.

(OJEDA palidece, medita unos instantes, y por último empuja la bolsa, devolviéndosela)

OJEDA: No acepto vuestro dinero, pero si esa carta existe, haré lo que me pedís y os juro que ese canalla pasará el resto de su miserable existencia persiguiendo una absurda quimera. ¡Como Alonso de Ojeda que me llamo!

(BEATRIZ se pone en pie y recoge a disgusto la bolsa dispuesta a marcharse)

BEATRIZ: *(con firmeza)* Esta misma tarde tendréis aquí esa carta.

(sale con su majestuoso y provocativo paso, seguida por los admirativos ojos de OJEDA y PIZARRO, y este último inquiere al fin desde el otro lado del mostrador:)

PIZARRO: ¿Habíais visto alguna vez una criatura semejante?

OJEDA: Me recuerda a Anacaona. Tenía su mismo porte, y ahora está muerta… *(pausa)* ¿Sabes dónde vive Ponce de León?

PIZARRO: Junto al astillero.

OJEDA: Ve a buscarle. Si es cierto lo que ha dicho, le vamos a jugar una mala pasada a don Diego Escobar.

(PIZARRO se desprende del mandil que se había puesto para llenar las jarras de vino y entreabre la puerta que está a sus espaldas, gritando:)

PIZARRO: ¡Voy a salir un momento, patrona! ¡Vuelvo enseguida! *(a OJEDA)* ¡Dios os bendiga!

(cruza el local como alma que lleva el diablo, sale por la puerta principal y, apenas lo ha hecho, CATALINA hace su aparición, secándose las manos, para inquirir molesta:)

CATALINA: Pero ¿qué mosca le ha picado? ¿Adónde se ha ido?

OJEDA: Con tu permiso, le envié a buscar a Ponce de León.

CATALINA: (sorprendida) ¿Al Viejo? ¿Para qué le queréis? Es un loco con más pájaros en la cabeza que el propio Balboa. No me gusta que os mezcléis con ese tipo de gente, don Alonso. ¡Vos sois de otra clase!

OJEDA: ¿Qué clase, Catalina? En el fondo somos todos iguales. Miserables caballeros de capa raída y hambre entera que sueñan con conquistar imperios cuando no son capaces de ganarse un simple plato de lentejas. ¡Mírame bien! Vivo casi de la caridad, pero aún aspiro a gobernar un reino tan grande como España. ¿No es patético? ¡Ridículo y patético!

(CATALINA acude a tomar asiento junto a él)

CATALINA: ¡Vos nunca seréis patético! Puede que lo sea el mundo que consiente que sus héroes pasen hambre, pero nunca esos héroes. Contadme cómo subisteis a Canoabó a vuestro caballo y lo raptasteis ante más de mil de sus guerreros.

OJEDA: (horrorizado) ¿Otra vez? Te lo he contado cien veces.

CATALINA: ¡Pocas se me antojan! ¿Qué os ha dicho Gertrudis Avendaño sobre el futuro?

OJEDA: La verdad. Una verdad que mi alma ya presentía. ¡Pero no importa! Lo que está escrito, escrito está, y el conocer el final de la comedia no cambia ni uno solo de sus actos. Puede que me arrepienta de lo que he hecho, pero jamás me arrepentiré de lo que me queda por hacer.

(entra BALBOA cargando un pesado baúl que deja caer en el rincón de la escalera lanzando un suspiro. Aparece limpio y con las ropas aún húmedas)

BALBOA: ¡La madre que parió a esa bruja! ¡Y aún le queda una maleta de libros! Es demasiado por tres tristes maravedíes y un almuerzo. ¿No os parece?

CATALINA: Te daré dos más y una jarra de vino.

BALBOA: ¿Y me devolveréis mi espada?

CATALINA: No, que mientras esté en mi poder no causará más daño. Pero cuenta con ella el día que te embarques.

BALBOA: *(gruñendo)* ¡Sanguijuela! La mejor espada de Toledo por seis míseras jarras de vino.

CATALINA: ¡Diez! Y no sé cuántos almuerzos... ¡Si trabajaras...!

BALBOA: ¿Trabajar? ¿En qué? ¿En las minas de oro, o cortando caña como un esclavo indígena? ¡Yo soy un conquistador!

CATALINA: *(despectiva)* ¿Conquistador? De camas de puta como máximo.

LEONOR: *(desde fuera)* ¿Quién me nombra? ¡Triste sino el mío que se me reconoce aun antes de haber cruzado el umbral de las puertas!

(entra LEONOR BANDERAS, que, como ella misma admite, es una descarada meretriz, que apenas descubre a Balboa se lanza sobre él y le vapulea hasta obligarle a escapar hacia la calle)

LEONOR: ¿Así que estás aquí, cerdo indecente? ¿Cuándo me vas a pagar lo que me debes? ¡No huyas! ¡No huyas! *(su actitud cambia y se hace respetuosa al distinguir a OJEDA)* ¡Perdonad, don Alonso! No os había visto… *(a CATALINA)* ¿Es cierto que la gran Gertrudis Avendaño está en la isla y se va a hospedar aquí?

CATALINA: *(orgullosa)* ¡Diantres! Las noticias vuelan. Ése es su equipaje.

LEONOR: *(fascinada)* ¡Las hay con suerte! ¿Conseguirás que me lea el futuro?

CATALINA: *(dándose importancia)* ¡Veré lo que puedo hacer! Aunque ya sabes que ella sólo atiende a marquesas y duquesas…

LEONOR: ¡Como que no hay putas entre esas…!
                     Más caras… pero igual de putas, ¿no es
                     cierto, don Alonso?

*(OJEDA, que se ha puesto en pie como acosado por
una súbita prisa y está recogiendo su recado de escribir, responde distraídamente)*

OJEDA: No acostumbro tener tratos con mar-
                     quesas, pero si tú lo dices debe ser cier-
                     to. *(a CATALINA)* Si viene Ponce de
                     León, que vuelva a la caída de la tarde.

LEONOR: *(incómoda)* Si mi presencia es molesta
                     me marcho, Excelencia.

OJEDA: ¡Por Dios, Leonor! ¿Cómo puedes pen-
                     sar semejante cosa? Es que de pronto
                     recordé que tengo asuntos que resolver.

LEONOR: ¡Pero…!

*(OJEDA le pellizca afectuosamente la mejilla al tiem-
po que se encamina a la salida)*

OJEDA: ¡Tranquila! Os dejo cotillear a gusto.
                     ¡Hasta luego, Catalina!

*(sale, y no cabe duda de que LEONOR no se siente
del todo feliz, volviéndose con aire desolado hacia
CATALINA)*

LEONOR: ¡Se ha ido por mí! Estoy segura. Des-
                     precia a las putas.

(CATALINA la tranquiliza, negando y llevándola hasta otra mesa)

CATALINA: Don Alonso es incapaz de despreciar a nadie. No es por ti. Es por el olor.

LEONOR: *(ofendida)* ¡Pues huelo muy bien! ¡Estoy recién bañada y este perfume me ha costado dos marineros!

CATALINA: *(riendo)* No se trata de tu olor, sino del que sale de la cocina. Pasa tanta hambre, que en cuanto le llega el aroma de mis guisos prefiere marcharse porque empiezan a sonarle las tripas.

LEONOR: ¡Pobriño…! ¿Y por qué no le invitas?

CATALINA: Ya lo hago, pero es tan orgulloso que como no puede pagar prefiere marcharse.

LEONOR: Pues si no fuera quien es, le invitaría a comer y cenar todos los días. Hace tiempo que me trae a mal traer.

CATALINA: *(sonriente)* Lo había notado.

LEONOR: Debajo, ¡y bien debajo!, los he tenido yo de más alcurnia, pero cuando le miro a los ojos reconozco que está demasiado alto para mí.

CATALINA: De mayor alcurnia, tal vez; pero jamás de mayor nobleza, que no existe otro en el mundo más valiente y más digno. ¿Y nunca has intentado…? *(la otra niega con un gesto)* ¿Y eso? ¿Será el único?

LEONOR: Respeta demasiado a la madre de sus hijos… esa india, Isabel, de la que dicen que era casi tan hermosa como la propia princesa Anacaona. Puede que ya no la ame, pero aún así le sigue siendo fiel, y no ha de ser alguien como yo quien interfiera.

CATALINA: Te menosprecias en exceso. Eres guapa, limpia y honrada en todo cuanto no se refiera a negocios de cama. Aunque la verdad es que don Alonso tan sólo sueña con descubrir nuevas tierras y conquistar imperios, y no creo que le quede ya tiempo para amoríos. *(resuenan doce campanadas en una cercana iglesia, y alza el rostro prestando atención)* ¿Dónde se habrá metido ese inútil de Pizarro? Es hora de abrir.

LEONOR: Creí que estabas contenta con él.

CATALINA: ¡Y lo estoy…! Es serio, honrado y trabajador, pero en cuanto aparece Ojeda con sus historias y aventuras, pierde el culo y la cabeza… ¡Hombres! Sólo piensan en matar y en que los maten. ¿De qué sirve un héroe muerto?

LEONOR: De adorno.

(hace su entrada PIZARRO que viene sudoroso y agitado, y que mientras abre de par en par las puertas, como invitando a entrar a los parroquianos, señala:)

PIZARRO: Lo siento, patrona, pero es que Ponce de León no estaba en casa y fui a buscarlo al puerto.

CATALINA: ¿Diste con él?

PIZARRO: *(negando)* Le dejé recado para que venga a hablar con don Alonso.

CATALINA: *(ceñuda)* ¿Qué diablos os traéis entre manos?

PIZARRO: *(esquivo)* ¡Cosas nuestras…!

CATALINA: ¡Cosas vuestras…! Como le compliquéis la vida a don Alonso os vais a enterar de lo que es bueno.

(PIZARRO acude a ocupar su puesto tras el mostrador pues ya han hecho su aparición los primeros clientes, al tiempo que comenta:)

PIZARRO: ¡Vamos, patrona! Ojeda se enfrentó a los moros, a las tormentas y a los salvajes sin necesidad de que ninguna mujer le protegiera. ¿Está ya el potaje?

CATALINA: Cuestión de minutos.

CLIENTE 1.º: *(quejumbroso)* ¡Tenemos hambre…!

CATALINA: (*agria*) Pues a la fonda del tuerto, que hoy tiene estofado de mula. ¡No te jode!

CLIENTE 1.º: (*acojonado*) ¡Usted perdone...!

LEONOR: (*sonriendo*) ¡Anda que si yo tratara así a mis parroquianos se me iba a caer el pelo! Tú lo que estás es «mal servida». ¿Cuánto hace que no...?

CATALINA: ¡Ni me acuerdo...! ¡Quedé preñada, nació la niña y a los pocos días murió Justo...! ¡O sea que...!

LEONOR: ... Que el próximo va a tener que abrirse paso a machetazos... ¡Vamos! Te echaré una mano en la cocina.

(*se encaminan juntas hacia allí, riendo y comentando, mientras nuevos clientes, soldados, marineros, comerciantes y alguna que otra mujer de dudoso aspecto han ido haciendo su entrada de forma escalonada. PIZARRO se dedica a colocar ante ellos jarras de vino, vasos, platos y cubiertos. Durante unos instantes no se oye más que el murmullo de las conversaciones y algunas risas, en lo que constituye el ambiente típico de una taberna repleta de un público hambriento e impaciente. Por último hacen su entrada dos hombres —CAMEJO y GARROTE— que por su elegancia, altivez y, sobre todo, el exceso de armas —espada, daga y reluciente peto— contrastan con el aspecto del resto de los presentes. El primero se alza sobre un taburete, de espaldas al mostrador, y, tomando una jarra, la golpea reclamando atención*)

CAMEJO: ¡Eh, amigos, compañeros...! ¡Prestad atención!

(poco a poco se va acallando el rumor de conversaciones y la mayoría, de mala gana, se vuelve hacia los intrusos)

CAMEJO: ¡Escuchad...! Tengo algo importante que deciros. Ha llegado el momento de que los auténticos patriotas, los españoles que hemos conquistado esta isla, regándola con sangre noble y generosa, hagamos valer nuestros derechos. En España, gentes que jamás se han arriesgado a cruzar el océano y no tienen idea de lo que aquí acontece, se empeñan en asegurar que los idólatras salvajes a los que derrotamos deben tener los mismos derechos que los cristianos viejos que dan su vida por Dios y por sus reyes... ¡Y no es así! Ya es hora de que reclamemos lo que es nuestro, y exijamos al gobernador Ovando siervos indígenas con los que hacer florecer esta bendita tierra. Os invito a que mañana al mediodía acudáis al Alcázar a protestar por la lentitud con que se está llevando a cabo el «repartimiento» de indios y tierras...

(atraída por las voces, CATALINA hace su aparición saliendo de la cocina y al instante se encara a CAMEJO)

CATALINA: ¡Eh, tú! ¡Baja de ahí! ¿Quién te ha dado permiso para tomar mi casa por una corrala? ¡Vete al infierno con tus arengas de mierda!

(GARROTE trata de interponerse, pero CATALINA le arrea en el peto con el cazo que tiene en la mano, haciéndolo resonar como una campana)

GARROTE: ¡Un respeto a quienes...!

CATALINA: ¡Ni respeto, ni leches...! ¡Os conozco! No sois más que fantoches recién llegados a la isla, que no han visto un guerrero ni en pintura. Con esos espadones no habéis cortado más que caña de azúcar, y pretendéis ser dueños de todo sin haber arriesgado nada. ¡Fuera! ¡Fuera de mi casa, o juro que os tiro al río a patadas!

CAMEJO: *(desafiante)* ¡Inténtalo! ¡Anda, valiente...! ¡Inténtalo!

CATALINA: ¡De acuerdo! ¡Pizarro! Ve a buscar a Ojeda y dile que aquí hay dos mamarrachos de esos que pretenden que su mujer y sus hijos se conviertan en esclavos. ¡Corre! ¡Ya sabes dónde vive!

GARROTE: *(nervioso)* ¡Oiga...! ¡No tiene por qué meter a Ojeda en esto! No tenemos nada contra él.

CATALINA: Pero él sí que lo tiene contra cuantos intentan legalizar la servidumbre y la esclavitud, y me encantará ver cómo os mete esas lindas espadas por el culo. *(a PIZARRO)* ¿A qué esperas?

(pero PIZARRO se limita a extraer de debajo del mostrador un pesado arcabuz, y apuntando a CAMEJO, que alza de inmediato los brazos)

PIZARRO: ¡No creo que haga falta! ¡Éstos ya se largan...! ¿O no?

CAMEJO: ¡Desde luego! ¡Desde luego! Pero te advierto que el uso de la fuerza no impedirá el triunfo de nuestros ideales. ¡Haremos de esta tierra de inútiles salvajes...!

PIZARRO: *(tranquilo)* Fuera o disparo.

(CAMEJO baja del taburete y, siempre con los brazos en alto, abandona el local seguido por su compinche)

CAMEJO: ¡Está bien...! ¡No te pongas nervioso que esos trastos los carga el diablo!

(sale seguido por las risas de los asistentes, y PIZARRO baja el arcabuz al tiempo que CATALINA exclama:)

CATALINA: ¡Se acabó el espectáculo! *(a PIZARRO)* ¿Y a ti quién te ha enseñado a manejar un arma?

PIZARRO: Nadie... Ni siquiera está cargada...

(en ese momento hace su entrada LEONOR BANDE-
RAS cargando una inmensa olla humeante)

LEONOR: ¡Potaje para todos…!

(los hambrientos clientes aplauden, silban y golpean
sus platos mientras cae, rápido, el telón)

FIN DEL ACTO PRIMERO

ACTO SEGUNDO

El mismo lugar unas horas más tarde. PIZARRO ha colgado una hamaca indígena detrás del mostrador y ronca suavemente. BALBOA dormita apoyado contra la pared, y en el rincón más apartado lo hace una MUJERUCA tumbada de bruces sobre una mesa. Al poco se abre la última puerta del piso alto y hace su aparición GERTRUDIS AVENDAÑO con varios libros en la mano. Observa el panorama y casi de puntillas desciende para ir a sentarse en la silla de OJEDA, abriendo los libros y comenzando a estudiarlos y tomar notas. Desde su lugar BALBOA entreabre los ojos y, chistándole, hace un gesto de negación con la mano, alzando el dedo. La otra parece no entender lo que quiere decir, y, poniéndose en pie, BALBOA se aproxima.

BALBOA: Ésta es la mesa de don Alonso de Ojeda, y la patrona no deja que nadie ocupe su sitio.

(GERTRUDIS AVENDAÑO recoge sus papeles y va a instalarse en la mesa vecina)

GERTRUDIS: ¡No faltaría más! Ojeda es aquí como un dios.

— 55 —

(BALBOA le ayuda con los libros y toma asiento a su lado)

BALBOA: Se lo ha ganado a pulso. Si todos fueran como él, este Nuevo Mundo funcionaría de otra manera.

GERTRUDIS: ¿También tú le admiras?

BALBOA: ¡Naturalmente! Aunque me desprecie y se niegue a llevarme con él, reconozco que jamás dará España nadie que pueda comparársele. ¿Llegará a ser tan grande como se merece?

GERTRUDIS: Eso sólo lo sabemos Ojeda y yo. ¿Te has lavado las manos? *(el otro asiente)* ¡Enséñamelas!

(BALBOA obedece y la quiromántica se concentra en el estudio de las líneas, mientras PIZARRO, que ha abierto los ojos, les observa sin hacer ningún movimiento. Por último, casi dudando de sí misma, la mujer señala:)

GERTRUDIS: Aquí está escrito que realizarás increíbles hazañas, conquistarás países y descubrirás algo muy importante; tal vez el mayor de los ríos o los mares, no puedo asegurarlo, pero veo que está relacionado con el agua. Alcanzarás la gloria, pero será efímera, porque las intrigas y las envidias serán más fuertes que tú.

BALBOA: ¿Me matarán?

GERTRUDIS:	¡Es posible! No me gusta hablar de la muerte. Lo que importa es que pasarás a la Historia, incluso habrá ciudades y monedas que llevarán tu nombre.
BALBOA:	*(incrédulo)* ¿Está segura?
GERTRUDIS:	Es lo que está escrito en tu mano, pero viéndote no pudo estarlo. Se da el caso de hombres marcados por un prodigioso destino que tan sólo ellos son capaces de malograr, al igual que otros están abocados al fracaso, pero un extraordinario esfuerzo consigue romper el maleficio. La quiromancia es una ciencia casi exacta que tan sólo se enfrenta a la fuerza de voluntad. Pero suelen ser casos poco comunes.
BALBOA:	¿Y qué debo hacer para que ese maravilloso destino se cumpla?
GERTRUDIS:	Supongo que romper con el pasado que también está aquí escrito. Siempre fuiste vago, inútil, borrachín y pendenciero, y con semejantes armas no se conquistan reinos. A veces el valor no basta.

(sus últimas palabras coinciden con la entrada de un apuesto mozo de unos veinte años, cuidada barba rubia, ojos claros y exquisitos ademanes que, tras aguardar unos instantes para habituarse a la penumbra, viniendo como viene de una violenta luz, inquiere:)

CORTÉS: ¡Buenas tardes! Me han asegurado que aquí podrían darme razón sobre don Francisco Pizarro.

(el aludido lo observa, y sin moverse de la hamaca inquiere:)

PIZARRO: ¿Quién lo busca?

CORTÉS: Un pariente lejano. Tengo entendido que desembarcó en la isla va para un año e hizo fortuna.

(PIZARRO se pone cansinamente en pie, se aproxima al mostrador y con un trapo comienza a sacarle brillo justo en el punto en que se encuentra el recién llegado)

PIZARRO: ¿Tu nombre?

CORTÉS: Hernán Cortés Pizarro. Hijo de Martín Cortés y Catalina Pizarro.

PIZARRO: ¿De los Pizarro de Medellín?

CORTÉS: Exactamente.

PIZARRO: ¡Vaya por Dios…! El que faltaba. *(socarrón)* Pues si eres quien dices, tengo que darte una buena noticia y una mala noticia.

(el otro le mira de hito en hito y sonríe burlón al inquirir:)

CORTÉS: ¿La buena?

PIZARRO: Que has encontrado a tu pariente.

CORTÉS: ¿Y la mala?

PIZARRO: Que toda su fortuna es una bayeta de secar mostradores.

CORTÉS: ¿Ésa...? *(el otro asiente con un gruñido)* Me alegra conocerte, «primo».

PIZARRO: Y a mí, aunque lo cierto es que tu presencia aquí me desconcierta, pues mis noticias eran que te habías enrolado en la escuadra de Ovando, y hace ya casi dos años que llegó. ¿Cómo es que apareces ahora?

CORTÉS: Es una triste historia. En vísperas de zarpar de Sevilla, un padre furibundo me sorprendió en la cama de su hija. Huí, pero al saltar un muro me rompí una pierna, lo que aprovechó para molerme a palos. La curación fue larga y dolorosa.

(BALBOA, que ha estado atento como GERTRUDIS a la curiosa explicación, no puede por menos que lanzar una corta carcajada)

BALBOA: ¡Diantres! ¡Y luego hablan de mí...! ¿Has llegado en el mismo barco que doña Gertrudis...?

CORTÉS:	*(negando)* Desembarqué hace tres noches de una carabela de contrabandistas, con cien barriles de vino y treinta putas.
BALBOA:	*(interesado)* ¿Putas? ¿Qué clase de putas?
CORTÉS:	¡Las peores…! Las que no fían aunque te pases un mes rogando. ¿Imaginas el suplicio que significa una travesía del océano rodeado de vino y mujeres y sin poder catar ni al uno ni a las otras?
PIZARRO:	Deduzco que estás sin blanca.
CORTÉS:	Ni blanca, ni negra. Constituías mi última esperanza.
PIZARRO:	¡Pues estamos buenos! ¿Has comido?
CORTÉS:	Nada en dos días.
PIZARRO:	¡Acomódate! Pondré a calentar un poco de potaje.

(descuelga la hamaca y desaparece por la puerta de la cocina, mientras CORTÉS dirige una mirada a su alrededor y BALBOA le hace un gesto para que tome asiento en una mesa próxima)

BALBOA:	¡No tengas apuro! Aquí la mayoría sobrevivimos de la caridad y la «sopa boba». *(por la espada)* En último caso puedes empeñarla.

CORTÉS: *(ofendido)* ¿Empeñar la espada? ¿Dón-
                 de se ha visto?

BALBOA: *(con naturalidad)* En Santo Domingo.
                 La tabernera guarda tantas en el sótano
                 que podría armar todo un ejército. Al
                 fin y al cabo ¿de qué sirven si aquí ya no
                 hay nadie contra quien luchar? Los sal-
                 vajes de la isla se han rendido, y el go-
                 bernador no mueve un dedo para que
                 nos lancemos a la conquista de Tierra
                 Firme. Sueña con ofrecerle un imperio a
                 los reyes, pero no se quiere gastar ni un
                 mal maravedí en conseguirlo.

CORTÉS: Es primo segundo de mi padre.

BALBOA: *(asombrado)* ¿Ovando…? ¡Válgame el
                 cielo! Eres pariente del gobernador y
                 tienes que comer potaje recalentado…
                 No lo entiendo.

CORTÉS: Intento valerme por mí mismo.

*(GERTRUDIS AVENDAÑO, que se ha enfrascado de
nuevo en sus libros, pero no pierde detalle de la conversación, alza el rostro y le observa)*

GERTRUDIS: Un día de éstos os leeré las manos.

CORTÉS: *(negando)* En mis manos no hay nada
                 escrito. Todo lo que se tenga que es-
                 cribir, ¡y será mucho!, lo escribiré yo
                 mismo. Y para eso necesito mi espada.
                 (vuelve PIZARRO con una escudilla)

— 61 —

PIZARRO: ¡Aquí tienes! Y procura acabar antes de que se despierte la patrona o me lo descontará del salario.

CATALINA: *(desde arriba)* ¡Te he oído! Te he oído, Pizarro… Y a ti también, Balboa. Si no estuviera con la oreja puesta y el ojo abierto me dejabais en la ruina.

(ha hecho su aparición surgiendo de una de las habitaciones del piso alto cuya puerta se encontraba entornada y, apoyándose en la balaustrada, observa a HERNÁN CORTÉS, que se ha quedado con la cuchara en el aire y la boca abierta)

CATALINA: ¿De modo que el caballerete es pariente del gobernador Ovando? ¡Bendito sea Dios! ¡Anda… come! Pero procura no hacerte a las malas mañas de Balboa y su cuerda de vagabundos. *(desciende las escaleras)* Pídele un empleo a tu «tío», o dedícate a plantar caña de azúcar. Tienes más aspecto de cortesano o hacendado, que de aventurero o «conquistador», como les gusta llamarse a esta panda de golfos.

CORTÉS: Si soñara con ser hacendado o cortesano, nunca hubiera abandonado Medellín.

CATALINA: Pues si ya cometiste ese error, no cometas otro aún mayor empecinándote en imposibles. A este lado del océano, el único oro que en verdad reluce es el «oro

blanco»: el azúcar. Lo demás son qui-
meras, y los que las persiguen, locos.

CORTÉS: Jamás pretendí que me tomaran por
               cuerdo.

CATALINA: En ese caso, hijo, estás en tu salsa. Éste
               es el mayor manicomio que existe, y ese
               que viene por ahí su mejor cliente.

*(lo ha dicho por quien acaba de entrar: JUAN PONCE
DE LEÓN, un hombre ya «mayor», pues ronda los
cuarenta años, con aire desenfadado y que fuma a
todas horas unos enormes cigarros mal liados de los
que extrae densas columnas de humo)*

PONCE: ¡Buenas tardes a la patrona y la compa-
               ña! ¿Está aquí don Alonso?

BALBOA: Aún no, pero suele llegar un poco más
               tarde y está deseando veros.

*(GERTRUDIS AVENDAÑO y CORTÉS se han quedado
de piedra al ver cómo el recién llegado fuma, y es el
último el que exclama estupefacto:)*

CORTÉS: Pero ¿qué le ocurre? ¡Está echando
               humo!

PONCE: *(riendo)* ¡Naturalmente, muchacho!
               Esto es tabaco… ¿Quieres probarlo?

CATALINA: *(a CORTÉS)* ¡Ni se te ocurra! Eso debe
               ser malísimo para la salud. ¡Sólo Ponce
               de León es capaz de adquirir tales cos-

tumbres de salvajes! *(a PONCE)* ¿Qué queréis de don Alonso?

PONCE: El tabaco no es malo para la salud. Por el contrario, limpia los pulmones y ayuda a respirar. *(tose un par de veces)* ¿Lo veis? Esa tos significa que está echando fuera los humores malignos. En cuanto a mis negocios con don Alonso de Ojeda, son cosas de hombres. Si él quiere, que os lo cuente.

CORTÉS: *(impresionado)* ¿Alonso de Ojeda? ¿Está aquí? *(BALBOA asiente)* ¡Dios bendito! ¡Es mi héroe…! ¡Mi héroe de la infancia! ¿Cuándo podré verle?

(PONCE DE LEÓN le observa más de cerca e inquiere interesado:)

PONCE: ¿Se puede saber quién es este jovenzuelo?

PIZARRO: Un primo mío que acaba de llegar de España.

PONCE: *(meditabundo)* De modo que acaba de llegar, y por lo tanto Escobar no le conoce. ¿Cuántos años tienes? ¡Da igual…! Podríamos jurar que tienes cuarenta y acabas de llegar de la isla de Bimini…

CORTÉS: *(desconcertado)* Vengo de Sevilla.

PONCE: De Sevilla con escala en Bimini… Saliste de Sevilla cuarentón y llegaste aquí así de buen mozo. *(a BALBOA)* ¿Qué te parece la idea?

BALBOA: ¡Podría ser! Habrá que ver lo que opina Ojeda.

CATALINA: *(indignada)* ¡Pero bueno! Si se os ha pasado por la mente tomar mi casa, que es una casa honrada, por guarida de fulleros, estáis muy equivocados… ¿Está claro?

PONCE: ¿Te hace un quinto de los beneficios?

CATALINA: Eso cambia las cosas… ¿De qué se trata?

BALBOA: De aliviarle la bolsa a don Diego Escobar y que, además, nos lo agradezca.

CATALINA: ¡Por joder a Escobar lo que haga falta…! Será mejor que lo discutamos arriba. Tengo un coñac excelente. ¡Pizarro, cuida el negocio que estoy atenta!

(comienza a ascender por la escalera seguida de PONCE DE LEÓN y de BALBOA, y en cuanto desaparecen tras la puerta de la que había surgido, CORTÉS se vuelve hacia PIZARRO)

CORTÉS: Aquí ocurren cosas muy raras, ¿no es cierto?

PIZARRO: Culpa del hambre. Ya te acostumbrarás. *(mirando la espada)* ¿Qué tal la manejas?

CORTÉS: Bastante bien.

PIZARRO: Comida y bebida gratis a diario si me enseñas. No pienso ser mozo de taberna toda la vida… *(a GERTRUDIS)* ¿Lo habéis oído? ¡Seré algo más que mozo de taberna!

GERTRUDIS: *(despectiva)* ¡Lo dudo! Ya he conocido aquí a dos hombres marcados por el destino. Me sorprendería que pudiesen reunirse más bajo el mismo techo.

CORTÉS: *(alucinado)* ¡Virgen Santa! ¿Qué es eso?

(lo ha dicho porque sus ojos se han clavado en la figura de BEATRIZ MONTENEGRO, que acaba de hacer su aparición en la puerta, y que mira a ambos lados como buscando a alguien. Al verla, PIZARRO avanza hacia ella y la invita a entrar con un gesto)

PIZARRO: ¡Doña Beatriz! ¡Qué grata sorpresa! ¿En qué puedo serviros?

BEATRIZ: Busco a don Alonso.

PIZARRO: ¡Lo haré venir en el acto! *(agita por el brazo a la MUJERUCA)* ¡Eh, tú, pánfila! ¡Despierta! Corre a casa de Ojeda y dile que venga… ¡Aprisa! *(sale la otra y PIZARRO se vuelve hacia BEATRIZ)* Sentaos, por favor… ¿Una limonada?

BEATRIZ: Con mucho gusto… Sois muy amable.
              ¡Buenas tardes, señora! ¡Buenas tardes,
              caballero!

*(GERTRUDIS AVENDAÑO responde con un leve gru-
ñido y se enfrasca de nuevo en sus estudios, pero
HERNÁN CORTÉS, que parece absolutamente des-
lumbrado, se pone en pie a toda prisa y se apresura a
apartarle la silla y ayudarle a acomodarse)*

CORTÉS: ¡Buenas tardes, señorita! Permitidme,
              por favor. Y permitid que me tome la
              libertad de presentarme: Hernán Cor-
              tés… de Medellín.

BEATRIZ: ¡Muy amable! Beatriz Montenegro…
              de Burgos.

CORTÉS: ¿Burgos…? Jamás imaginé que en una
              tierra tan fría pudieran nacer flores tan
              exóticas.

BEATRIZ: *(con intención)* Tampoco yo imaginaba
              que en Medellín naciesen aves de tan
              halagador trino… ¿Cómo es que nunca
              nos habíamos visto?

CORTÉS: Porque acabo de llegar a la isla, pero de
              haber sabido que estabais aquí, hubiera
              llegado muchísimo antes aunque fuera a
              nado. *(mirando la silla vecina)* ¿Me per-
              mitís?

BEATRIZ: ¡Por favor!

(GERTRUDIS AVENDAÑO alza los ojos al cielo como clamando ante tanta cursilería, y recogiendo todas sus cosas se encamina a su habitación mientras PIZARRO llega con una jarra y un vaso que coloca ante la muchacha)

PIZARRO: ¡Aquí tenéis, señora...! Por cierto... ¿sabéis si vuestro esposo vendrá a reunirse con don Alonso?

BEATRIZ: *(molesta)* He quedado aquí con él.

CORTÉS: *(horrorizado)* ¿Vuestro esposo...? ¿Estáis casada?

(ella muestra su mano izquierda, en la que luce un inmenso brillante, y sonríe con malicia mientras PIZARRO se aleja)

BEATRIZ: ¡Así es! Aunque, por desgracia, mi marido viaja mucho.

CORTÉS: *(esperanzado)* ¡Vaya por Dios! ¿Y adónde viaja?

BEATRIZ: ¡De aquí para allá! Hace poco fue a visitar a don Cristóbal Colón, que se encuentra en la isla de Jamaica desde que naufragó el año pasado.

CORTÉS: *(incrédulo)* ¿Que Colón naufragó hace un año en Jamaica y aún sigue allí...? ¡No puedo creerlo! ¿Por qué no han enviado a nadie a recogerle?

BEATRIZ:	Porque el gobernador le aborrece. Mandó a mi esposo a ver cómo se encontraba, pero no le envió más que un barril de vino y un jamón… ¡Imaginaos! ¡Un jamón y un barril de vino para más de cien hombres abandonados en una isla salvaje…! Curioso… ¿no os parece?
CORTÉS:	Yo más bien diría cruel. Por mucho que le aborrezca, Colón sigue siendo el almirante de la mar Océana y el virrey de las Indias. Y el hombre que descubrió el Nuevo Mundo que se abre ante nosotros.
BEATRIZ:	Eso no impresiona a Ovando. Mi esposo me contó que el pobre Colón está viejo, enfermo, escuálido y medio loco por culpa de los padecimientos de su tripulación. Tuvieron que soportar durante diez meses una horrible tormenta y por fin naufragaron en esa isla. ¿Os imagináis? ¡Ya hace casi dos años que andan pasando calamidades y Ovando impide que vayan a rescatarles! Os aseguro que a veces me cuesta entender a los hombres.
CORTÉS:	*(con intención)* ¿Entendéis a vuestro esposo?
BEATRIZ:	*(inocente)* Menos que a nadie. Es un hombre mayor… muy, muy mayor, que ahora sueña con irse, ¡largo tiempo!, en busca de esa famosa isla de Bimini y su Fuente de la Eterna Juventud.

CORTÉS: *(sorprendido)* ¿Isla de Bimini? ¡Un momento...! A mí acaban de mencionarme algo sobre esa isla de Bimini...

(busca con la mirada a PIZARRO, que se encuentra junto al ventanal observando la calle, e inquiere:)

CORTÉS: ¡Oye, primo...! ¿Qué era lo que decía ese tal Ponce de León sobre la isla de Bimini?

PIZARRO: *(brusco)* ¡Que llueve mucho! Y te aconsejo que desaparezcas, porque por ahí viene don Diego Escobar... *(aclarándole)* El marido de la señora.

(HERNÁN CORTÉS queda un poco desconcertado, duda, pero al fin se vuelve a la muchacha)

CORTÉS: ¿Creéis oportuno que me retire?

BEATRIZ: *(suspirando)* Sería conveniente. Ciertos hombres son injustificadamente celosos.

CORTÉS: ¿Cuándo volvería a veros?

BEATRIZ: Lo ignoro... Pero tal vez coincidamos en algún paseo por la playa a la caída de la noche. A esa hora es muy hermoso el palmeral que está junto a la desembocadura del río.

CORTÉS: Mañana mismo iré a conocerlo.

(BEATRIZ hace un mohín que pretende traslucir su decepción)

BEATRIZ: ¿Mañana...?

CORTÉS: Pensándolo bien, será mejor que acuda esta misma noche... ¡Señora! ¡Hasta luego, primo!

(hace una graciosa reverencia y sale seguido por la mirada de PIZARRO, que agita la cabeza en gesto de negación, lanza un gruñido de despedida y parece concentrarse en rellenar jarras de vino hasta que a los pocos instantes hace su entrada DON DIEGO ESCOBAR, que tras lanzar una ojeada al local se encamina directamente hacia donde BEATRIZ se abanica con aire de profundo aburrimiento)

ESCOBAR: ¡Buenas tardes, querida! Perdona el retraso, pero es que el gobernador me mandó llamar.

BEATRIZ: ¿Algún problema?

ESCOBAR: *(sentándose)* No especialmente. Parece ser que al fin vuelve Colón.

BEATRIZ: Ya era hora, ¿no te parece?

ESCOBAR: Tengo la impresión de que el gobernador hubiese preferido que se pudriera en Jamaica.

BEATRIZ: También tú lo hubieras preferido.

(ESCOBAR le toma las manos y las acaricia amorosa-
mente)

ESCOBAR: ¡Ya no! Desde que entraste en mi vida
              soy incapaz de odiar a nadie. Ahora mi
              corazón rebosa amor. Por ti y por los
              demás. Conocerte me ha hecho re-
              flexionar sobre mi vida pasada y com-
              prender en cuántas cosas me equivoqué.
              (lanza un hondo suspiro) Pero si logro
              encontrar esa Fuente todo será distinto.

BEATRIZ: *(sorprendida)* ¿Distinto? ¿Qué quieres
              decir con eso de «distinto»?

ESCOBAR: Que tu inocencia y tu bondad me han
              demostrado que no se debe vivir como
              un lobo solitario que únicamente pien-
              sa en morder. Tú me has enseñado lo
              que significa amar, y te juro que si me
              conceden una segunda oportunidad
              convertiré en bien todo el mal que hice.

BEATRIZ: Eso suena muy hermoso.

ESCOBAR: *(besándole las manos)* A ti te lo debo.

(se abre la puerta de la habitación de CATALINA y
salen ésta, BALBOA y PONCE DE LEÓN, que quedan
un tanto sorprendidos al ver a la pareja, pero el últi-
mo reacciona rápidamente descendiendo con los bra-
zos extendidos)

PONCE: ¡Querido Escobar! ¡No sabía que estu-
              vierais aquí! *(a PIZARRO)* ¿Y Ojeda?

PIZARRO: Debe estar a punto de llegar.

(PONCE DE LEÓN abraza a ESCOBAR, que se ha puesto en pie, mientras BALBOA va a sentarse en un rincón procurando pasar desapercibido y CATALINA cruza tras el mostrador fingiendo que se afana en secar vasos aunque sin perder detalle de cuanto se dice)

PONCE: *(a PIZARRO)* ¡Trae vino del mejor! ¡Pero sentaos, don Diego! ¡Señora...!

(se sientan y PONCE DE LEÓN se inclina y comenta en tono confidencial)

PONCE: ¡Buenas noticias! Parece ser que Ojeda está dispuesto a ayudarnos.

(BEATRIZ tuerce el gesto, pero su marido muestra su entusiasmo)

ESCOBAR: ¿De veras...? ¡Eso es magnífico! ¿Nos dará un mapa?

PONCE: No sé si tendrá un mapa, pero bastará con que nos indique cómo llegar. Supongo que no habréis cambiado de idea: no se puede importunar inútilmente a un hombre como Ojeda.

ESCOBAR: Daría cuanto tengo por conseguir la felicidad de mi amada esposa, y me consta que hoy en día su mayor felicidad sería verme joven, fuerte y sano. ¿No es cierto, querida?

BEATRIZ:	¡Por supuesto, amor mío! ¿Qué más puede desear una mujer enamorada que mantener eternamente joven ese amor?
ESCOBAR:	¿Habéis oído…? ¡Es un ángel! ¿Sabíais que me obliga a liberar a todos mis siervos precisamente ahora que Ovando me ha confesado que está decidido a imponer la Ley de Encomiendas? Admito que no soy el más indicado para opinar, pero incluso a mí se me antoja una barbaridad que se entregue a esos inescrupulosos hacendados una serie de indígenas que se verán obligados a trabajar de sol a sol sin otra recompensa que ser cristianizados. En lugar de un jornal decente, se les contentará con una comida al día, un padrenuestro y tres avemarías.
PONCE:	¡Nunca imaginé que la palabra de Dios pudiera convertirse en moneda de pago!
ESCOBAR:	¡Y bien barata, por cierto! No me extraña que los indígenas prefieran suicidarse. Les quitan sus tierras, sus hijos, sus mujeres, y ahora su libertad. Dicen que los árboles de los caminos aparecen adornados por cientos de cadáveres de quienes han optado por ahorcarse en solidaridad con la princesa Anacaona. Entre eso, las guerras y las epidemias pronto no quedará un nativo en la isla.
PONCE:	Y lo peor es que los que huyen cuentan lo que ocurre y cuando pretendamos

«conquistar» nuevas tierras nos recibi-
rán a sangre y fuego.

ESCOBAR: He intentado hacérselo comprender al
gobernador, pero responde que su única obligación es «pacificar» la isla y enviar oro a España. Y como ya oro apenas queda, envía azúcar… ¡Ese hombre
está obsesionado con el azúcar!

*(BEATRIZ, que se ha limitado a abanicarse un tanto
desinteresada de la conversación, detiene un instante
el agitar de su brazo e inquiere:)*

BEATRIZ: A mí eso del azúcar me parece bien. Lo
que no entiendo es que si tantos beneficios produce, por qué no se traen labrie-
gos de España para que cultiven los
campos… ¡Allí hay mucho muerto de
hambre!

ESCOBAR: Ya lo hemos intentado, cariño, pero en
cuanto un mísero labriego atraviesa el
océano, se cree un hacendado, y lo que
exige son tierras y esclavos que trabajen
para él. ¡Don Alonso…! ¡Dichosos los
ojos!

*(se pone en pie para acudir al encuentro de OJEDA,
que acaba de hacer su entrada y le saluda con defe-
rencia estrechándole la mano y acompañándole a la
mesa, aunque el otro señala el lugar en que suele
sentarse)*

OJEDA: ¡Me alegra veros! Ponce… Catalina… Pizarro. Perdonad, don Diego, pero mi sitio es aquél… ¡Cuestión de costumbres!

ESCOBAR: ¡Faltaría más! ¿Te importa cambiarte de mesa, querida? Permitid que os presente a mi esposa Beatriz, don Alonso. ¿A que es preciosa?

OJEDA: Desde luego, y os felicito, pero lo cierto es que ya nos conocíamos.

ESCOBAR: *(desconcertado)* ¿Ah, sí…? ¿Y eso?

OJEDA: Esta mañana vino a suplicarme que os ayudara en vuestro empeño. De hecho, a ella le debéis que acepte hablar sobre el tema. *(a BEATRIZ)* Siempre, ¡claro está!, que esté en disposición de cumplir lo prometido.

(BEATRIZ se lleva significativamente la mano al pecho y se lo golpea)

BEATRIZ: ¡Naturalmente! Aquí, junto a mi corazón, guardo esa promesa.

(PONCE DE LEÓN y sobre todo DIEGO ESCOBAR parecen absolutamente en babia y se miran el uno al otro sin comprender nada de nada)

ESCOBAR: ¡No entiendo! ¿A qué promesa os referís?

OJEDA: A la que vuestra esposa me ha hecho, de
            que por mucho sufrimiento que ello le
            cause accede a no insistir en acompaña-
            ros en ese viaje.

ESCOBAR: *(alarmadísimo)* ¿Y eso por qué?

OJEDA: Porque en caso de ir, todos los esfuer-
            zos resultarían inútiles. Ninguna mujer
            puede aproximarse a la isla de Bimini.

PONCE: *(asombrado)* ¿Por alguna razón espe-
            cial?

OJEDA: En la isla de Bimini se encuentra la
            Fuente de la Eterna Juventud, y al beber
            en ella, el alma se purifica y rejuvenece.
            (hace una dramática pausa) Y una vez
            que se ha rejuvenecido el alma, a los
            pocos días rejuvenece también el cuer-
            po. Una cosa trae aparejada la otra.

ESCOBAR: Entiendo… ¡Es muy lógico! Primero el
            alma… ¡el espíritu!… y luego esa alma
            actúa sobre el cuerpo. ¡Simple…! ¡Simple,
            pero maravilloso! Aunque no entiendo
            qué tiene eso que ver con las mujeres.

OJEDA: Que, como es sabido, las mujeres no
            tienen alma inmortal.

*(BEATRIZ está a punto de estallar en una carcajada,
pero hace un esfuerzo y finge ofenderse mientras
que, por su parte, PONCE DE LEÓN y DIEGO ESCO-
BAR quedan absolutamente estupefactos)*

PONCE: ¿Ah, no…? Siempre creí que tan sólo eran unos cuantos frailes bárbaros y fanáticos los que sostenían tal cosa.

OJEDA: Pues parece que es cierto.

ESCOBAR: Y si no tienen alma, ¿qué tienen?

OJEDA: Ansiedad.

ESCOBAR: *(sin comprender)* ¿Ansiedad?

OJEDA: ¡Exactamente!

(se hace un silencio en el que los otros parecen estar rumiando qué significa tal respuesta y BEATRIZ, a la que divierte la explicación de OJEDA, repara de improviso en que tanto PIZARRO como CATALINA están encendiendo las luces, y que varios parroquianos han hecho su aparición distribuyéndose por el local. Se pone en pie de un salto y simula sentirse dolida)

BEATRIZ: Ya que se va a discutir un tema que me atañe de modo muy directo, prefiero retirarme. ¡Querido…! Iré a consultarle al padre Bernardo si es cierto o no que tengo un alma inmortal, y aprovecharé para rezar un poco y asistir al servicio de vísperas. No me esperes a cenar.

(sale con la altivez propia del momento, y los tres hombres la observan incómodos, sobre todo su marido, que no puede evitar sentirse desolado)

ESCOBAR: Está dolida… ¡Mi ángel!

— 78 —

OJEDA: Lo lamento, pero así son las cosas. Esta mañana incluso lloraba. ¡Le hubiera gustado tanto acompañaros en ese viaje!

ESCOBAR: ¡Cielo mío…!

PONCE: *(ceñudo)* Hay algo que no me agrada de todo este asunto… Si las mujeres no tienen alma inmortal, quiere decir que no van al cielo, y si no hay mujeres en el cielo, ¿para qué diantres tenemos tanto interés en ir nosotros?

OJEDA: Jamás se me había ocurrido mirarlo desde ese punto de vista, pero habrá que tenerlo en cuenta. *(a ESCOBAR)* ¿Continuáis decidido a ir a Bimini?

ESCOBAR: Más que nunca… Necesito disponer de una vida que entregarle a mi esposa, y de tiempo para compensar a mis víctimas.

(OJEDA y PONCE DE LEÓN se observan, confusos)

PONCE: No logro entenderos.

ESCOBAR: Pues es muy simple: pediré perdón por mis pecados públicamente, y todo aquel que se considere perjudicado podrá venir a reclamármelo. No estoy en condiciones de devolver vidas, pero sí de reintegrar haciendas.

PONCE: ¡Necesitaréis una inmensa fortuna!

ESCOBAR: *(sonriendo)* ¡La tengo! Y sabré emplearla de forma que Beatriz se sienta orgullosa de mí. Si el destino ha querido que al final de mi vida me alumbre un rayo de sol, no seré tan estúpido como para ignorarlo. Me ha enviado una señal y debo aceptarla. Ella estará ahora en la iglesia, rogando por mí; por que me vuelva joven, fuerte y generoso, y haré cuanto esté en mi mano para que sus deseos se cumplan. Lo comprendéis, ¿verdad?

PONCE: *(hipócrita)* ¡Naturalmente! Comprendo la grandeza de vuestros sentimientos, e imagino que don Alonso también. Por eso va a ayudarnos… ¿no es cierto?

OJEDA: *(confuso)* ¡Bueno…! El empeño es en verdad difícil. ¡Y costoso! Llevará tiempo, esfuerzo y muchos gastos. Yo puedo indicaros el lugar aproximado donde se encuentra la isla, pero le gusta mostrarse esquiva, ocultarse entre la bruma e incluso cambiar de lugar, pues sólo entrega su secreto a quien lleva voluntad de encontrarla.

ESCOBAR: ¡Yo tengo esa voluntad! Y mi corazón estará limpio de pecado. Me confesaré tres veces antes de partir… ¿Creéis que bastará?

OJEDA: ¡Supongo que sí! Tenéis una larga historia de fechorías, pero tres sinceras confesiones dan para mucho.

(DON DIEGO ESCOBAR no parece ofenderse, limi-
tándose a descolgar una pesada bolsa de su cintura y
colocarla ante OJEDA)

ESCOBAR: Aquí tenéis un adelanto para que vayáis
               trazando un mapa lo más aproximado
               posible sobre la situación de Bimini. *(a*
               PONCE DE LEÓN) Y vos comenzad a
               buscar un barco y hombres… ¡Encon-
               traremos juntos esa maravillosa Fuente
               de la Eterna Juventud!… ¡Caballeros!

(se pone en pie y se encamina hacia la puerta abrién-
dose paso entre los parroquianos que ya llenan el lo-
cal, y que se dedican a beber y alborotar atendidos
por CATALINA y PIZARRO. En cuanto ha desapare-
cido, BALBOA salta de su asiento y acude a ocupar el
lugar que ha dejado libre)

BALBOA: *(ansioso)* ¿Y bien…?

PONCE: *(feliz)* ¡Se tragó el anzuelo! ¡Pondrá el
               dinero y encontraré la isla!

OJEDA: *(sorprendido)* Pero ¿realmente creéis en
               su existencia?

PONCE: ¡Naturalmente! Por mi parte no estoy
               engañando a Escobar. Me limito a em-
               plear malas artes con un buen propósi-
               to. El fin justifica los medios.

OJEDA: ¡Estáis loco! ¡Rematadamente loco!

PONCE: Lo mismo decían de Colón cuando aseguraba que el mundo era redondo y se podía llegar a Oriente por la ruta de Occidente… ¡Y aquí estamos! ¿Qué es más lógico…? ¿Que vivamos sobre una inmensa esfera sin caernos, o que exista un agua milagrosa que impida el deterioro físico? En Guadalajara hay fuentes termales que curan el hígado. ¿Por qué no puede existir otra que lo cure todo?

BALBOA: *(incrédulo)* ¡Mirándolo así! *(a OJEDA)* ¿Qué opináis vos?

OJEDA: Que si en este Nuevo Mundo he visto lagartijas de tres metros que se comen a la gente y pozos de aguas pestilentes que arden solas, todo es posible. *(a PONCE)* Pero no tengo ni idea de dónde está Bimini.

PONCE: *(seguro)* ¡Al norte! Mi instinto me dice que ponga rumbo al norte. ¡Dibujadme una carta que me lleve hacia el norte!

OJEDA: ¡Por mí, como si os apetece volver a Sevilla…! *(a CATALINA)* ¿Podrías servirnos algo de cenar? Tengo dinero.

CATALINA: *(desolada)* Lo siento, don Alonso, pero por la noche no cocino. Hay tanto trabajo que entre Pizarro y yo no damos abasto.

OJEDA: ¿Por qué no buscas quien te ayude?

CATALINA: *(irónica)* ¿Y dónde lo encuentro? Los «caballeros» españoles, incluso los más bestias, se ofenden si se lo propongo; las mujeres, o se meten a puta o se dedican a cazar marido, y en cuanto a los indígenas, si no les pago bien no quieren trabajar, y si les pago bien el gobernador me multa alegando que doy mal ejemplo. Únicamente a Pizarro no se le caen los anillos por servir jarras de vino, y es que en Trujillo cuidaba cerdos. *(lanza un sonoro suspiro)* Pero puedo traeros una fuente del mejor jamón de Huelva y el mejor queso manchego.

OJEDA: *(entusiasmado)* ¡Marchando…! ¡Y vino abundante! ¡Paga Diego Escobar…!

CATALINA: *(decepcionada)* Confiaba en que os negaríais a seguirle el juego a este par de pícaros.

OJEDA: Sólo el hambre es capaz de acallar la conciencia. Y tranquiliza la tuya. Escobar está dispuesto a pedir perdón, liberar a sus siervos y devolver lo que ha robado porque su ilusión es superior a todo. Si matáramos esa ilusión se convertiría de nuevo en un egoísta sin escrúpulos, porque siempre fue un joven con el corazón viejo, mientras que ahora es un viejo con el corazón joven. ¡Y más vale así!

CATALINA: ¡Palabrería! ¡Pura palabrería!

PONCE: *(extrañado)* ¿Palabrería? ¿Serías capaz de poner la mano en el fuego segura de que no existe la isla de Bimini?

CATALINA: *(con firmeza)* ¡Naturalmente! Soy mujer y las mujeres nacemos con el convencimiento de que nuestra juventud será breve y nuestra belleza pasajera. No nos hacemos falsas ilusiones sobre inmortalidades porque nuestros hijos materializan esa inmortalidad. Lo que importa es aprender a envejecer y a aceptar que el hombre que amas te cambie por otra sin que te duela demasiado.

(se aleja hacia la cocina, y los tres hombres se observan un tanto avergonzados)

OJEDA: He aquí cómo una analfabeta nos puede dar lecciones. Tal vez si los hombres alumbráramos hijos y comprobáramos que son, en efecto, carne de nuestra carne, perderíamos esa desesperada ansia de trascendencia.

(LEONOR BANDERAS ha hecho su entrada llevando una enorme fuente cubierta con un paño, y encaminándose a la mesa que ocupa OJEDA se detiene respetuosamente ante él)

LEONOR: ¡Buenas noches, Excelencia…! Perdone el atrevimiento, pero hoy es mi cumpleaños, he asado un lechón y me sentiría muy honrada si quisiera probarlo.

OJEDA: *(sorprendido)* ¡Pero mujer...! ¿Cómo se te ocurre?

LEONOR: Es para estar segura de que esta mañana no os marchasteis por mi culpa. ¡Por favor!

OJEDA: ¡Pues nada, hija, nada! Probaremos ese lechón y muchas felicidades. Por cierto, ¿qué día es hoy?

LEONOR: *(desconcertada)* ¿Cómo ha dicho su Excelencia?

OJEDA: ¿Que qué día es hoy? Así te felicitaré en tu próximo cumpleaños.

(LEONOR mira a todas partes como buscando ayuda, y mientras coloca la bandeja delante de OJEDA y la descubre para dejar a la vista el apetitoso lechón, replica con un hilo de voz:)

LEONOR: ¡No tengo ni la menor idea!

OJEDA: ¡Caramba! ¿Entonces cómo sabes que es tu cumpleaños?

LEONOR: Porque las putas lo celebramos el día que nos apetece y no tenemos ganas de trabajar.

OJEDA: ¡Sana costumbre, sí señor! ¡Muy sana! Pizarro, trae un cuchillo.

BALBOA: ¡¡Dos!! ¡No pretenderéis coméroslo
                todo…! ¡Enfermaríais…!

PONCE: ¡¡Tres…!!

*(CATALINA ha salido de la cocina con una hogaza de
pan bajo el brazo y dos enormes bandejas de jamón
y queso, y PIZARRO acude con platos y cubiertos, por
lo que los tres caballeros se lanzan sobre las viandas
con auténtica desesperación, contemplados con sorpresa e innegable envidia por la mayoría de los presentes, que hacen un silencio para verles comer. BAL-
BOA se dirige a ellos con la boca llena)*

BALBOA: ¿Qué miráis? Al menos una vez en la
                vida las cosas tienen que ser diferentes.

*(los parroquianos vuelven a lo suyo, la vida de la taber-
na recupera su ritmo observada desde lo alto por GER-
TRUDIS AVENDAÑO, que lleva un buen rato apoyada
en la barandilla como tomando buena nota de aquel
pintoresco mundo, hasta que al poco hacen su entrada
CAMEJO y GARROTE acompañados por un hombre al-
tísimo —CIFUENTES— que viste como un figurín y tiene el aire de un perdonavidas de gesto achulado y voz
estentórea. Se encara directamente a CATALINA)*

CIFUENTES: ¿Eres tú la que ha prohibido a mis ami-
                gos hablar en público amenazándoles
                con llamar a ese fantoche de Ojeda?

CATALINA: ¡La misma! Y la misma que os manda a
                freír puñetas, porque ésta es mi casa y
                no recibo más que a quien me sale del
                moño.

CIFUENTES:	¿Y quién va a echarnos? ¿Tú, o ese maravilloso Ojeda?
OJEDA:	*(molesto)* ¡Mierda! ¡Para una vez que estoy comiendo a gusto...! Al que toque mi plato le corto el brazo. ¡Una pausa hasta que vuelva! *(se pone en pie y se encara a CIFUENTES)* ¿Me llamabas?
CIFUENTES:	*(desconcertado)* ¿Tú eres Ojeda?
OJEDA:	El mismo.
CIFUENTES:	¿Tan pequeño?
OJEDA:	Mi espada llega donde no llega mi brazo... ¿Te gustaría comprobarlo?
CIFUENTES:	¡Desde luego! ¡En guardia!

(desenvaina y todos los presentes se apartan prudentemente formando un círculo, mientras OJEDA se cambia de mano una pata de lechón y saca a su vez su espada con absoluta calma)

OJEDA:	Cuando quieras... *(muestra la pata)* ¿Un mordisco?
CIFUENTES:	¡Payaso!

(se lanza al ataque pero OJEDA se limita a hacer un leve gesto y como por arte de magia la espada de CIFUENTES salta por los aires y va a caer bajo una mesa dejándole estupefacto. OJEDA se coloca la pata entre los dientes, se inclina, toma el arma y se la devuelve)

OJEDA: Prueba otra vez, pero agárrala con más fuerza… ¡Tienes la mano tonta!

(furioso, CIFUENTES arremete contra él pero OJEDA se limita a dar un paso de lado, hacer otra finta y de nuevo la espada vuela para ir a parar al suelo ante la incredulidad de su enemigo. OJEDA se inclina una vez más para recogerla)

OJEDA: Confío en que tengáis la intención de matarme de una estocada y no de un ataque de lumbago. No estoy acostumbrado a tanto ejercicio… ¡Toma!

CIFUENTES *(furibundo)* ¡Te mataré, enano de mierda!

OJEDA: ¡Un momento! Si es cuestión de estatura admito que es éste un combate desigual, y estoy dispuesto a hacer ciertas concesiones. Me subiré a esta mesa y si consigues obligarme a poner un pie en el suelo, me consideraré vencido. Pero en caso de que vuelvas a perder la espada, pedirás perdón a Catalina y no volverás jamás por aquí, o juro que te saco las tripas. ¿Te parece bien?

(CIFUENTES medita y al fin asiente)

CIFUENTES: ¡De acuerdo!

(OJEDA deja en su plato la pata del lechón, se apodera de una mesa y, colocándola en el centro de la estancia, se sube a ella y se coloca en posición defensiva)

OJEDA: ¡Cuando gustes…!

(pero ante su sorpresa y la de todos, CIFUENTES no se enfrenta a él, sino que, envainando cachazudamente su arma, da media vuelta y va a sentarse a unos cinco metros de distancia)

OJEDA: Pero ¿qué haces? ¡Pelea, cobarde!

CIFUENTES: *(burlón)* ¡Ya peleo! Me enseñaron que cuando una plaza no se puede conquistar por asalto, se la rinde por asedio. El trato es que si te obligaba a poner un pie en el suelo te rendías, ¿no es cierto? ¡Pues bien! Ya lo pondrás. No tengo la más mínima prisa.

CATALINA: ¡Eso es trampa!

CIFUENTES: ¿Por qué? Fue él quien impuso las reglas. *(ríe divertido)* Nos podemos pasar aquí toda la noche, contemplando a «don Alonso el Estilita» trepado en lo alto de su columna.

BALBOA: *(furioso)* ¡Pero eso es una sucia treta! Si don Alonso no puede luchar seré yo quien te raje…

OJEDA: *(interrumpiéndole)* ¡Calma, Balboa, calma…! ¡Está en su derecho! ¡El error fue mío! Creí que me enfrentaba a un caballero y es un rufián, pero también me he enfrentado a muchos rufianes en esta vida.

(CIFUENTES se sirve de una jarra de vino y hace un gesto a GARROTE y CAMEJO para que se acomoden en la mesa. Su cinismo es manifiesto)

CIFUENTES: Si imaginas que puedes enfurecerme y hacer que me aproxime, te equivocas. Me han llamado de todo en este mundo, y la mayor parte de las veces con razón, pero no pienso privarme del placer de ser el primer hombre ante el que el invencible Alonso de Ojeda tiene que admitir que ha sido derrotado. Cuando te canses, ya bajarás.

OJEDA: ¡Cuando me canse…! Tú lo has dicho. No tengo ni idea de cuánto puede soportar un hombre subido en una mesa, pero resistiré lo que haga falta. *(a los parroquianos)* Creo que vais a tener espectáculo gratis toda la noche.

(LEONOR BANDERAS avanza hacia él)

LEONOR: ¡Pero vamos, Excelencia! ¿Qué tonterías son ésas? Todos sabemos que habéis vencido en buena lid y no es más que un mierda.

OJEDA: ¡He dicho que no! ¡Aquí me quedo! Y ya que no me puedo mover, os contaré cómo capturé al cacique Canoabó. Siempre habéis querido oírlo.

PARROQUIANOS: *(ad libitum)* ¿De veras…? ¿Lo contaréis

de verdad? ¿Como ocurrió exactamente...?

OJEDA: ¡Exactamente! Como nunca lo he contado más que en mis memorias que aún están sin terminar. ¿Os apetece escucharlo?

PARROQUIANOS: *(ad libitum)* ¡Naturalmente! ¡Qué fantástico! La captura de Canoabó contada por el propio Ojeda.

OJEDA: ¡Está bien...! En ese caso, sentaos.

(todos se apresuran a buscar asiento y con sus vasos en la mano se agrupan en torno a OJEDA, dispuestos a escuchar. CATALINA y PIZARRO lo hacen desde detrás del mostrador, GERTRUDIS en lo alto , y CIFUENTES, CAMEJO y GARROTE en la mesa del fondo)

OJEDA: ¡Pues bien...! Cuando la nao *Santa María* naufragó la noche de Navidad de 1492, don Cristóbal Colón decidió construir con sus restos un fuerte en el que dejó a aquellos hombres que no cabían en los otros barcos, prometiendo regresar cuanto antes. Pero al volver, todos habían sido pasados a cuchillo por los guerreros del cruel Canoabó, que era el único cacique hostil de la isla. Luego, cuando fundamos la ciudad de Isabela y tratamos de adentrarnos en la vega, Canoabó alzó a la mayoría de los nativos, nos tendió emboscadas y durante años nos hizo la vida imposible.

Aquel salvaje era muy valiente y además estaba casado con la mujer más hermosa del mundo… ¿Te acuerdas cómo era de bella Anacaona, Rodrigo?

(el llamado RODRIGO, que ocupa un asiento en tercera fila, asiente convencido)

RODRIGO: ¡Jamás hubo otra como ella, capitán!

OJEDA: Rodrigo es el único que queda de los que en aquel tiempo servían a mis órdenes. Un día, cansado de tanta sangre y tanta muerte, saqué brillo a mi armadura, monté en mi caballo y, acompañado por un puñado de mis fieles, me presenté de improviso en el campamento en que Canoabó se encontraba rodeado por tres mil guerreros. A los indios les fascinaban los caballos. Al principio creían que caballo y jinete eran una sola cosa, pero incluso cuando comprendieron que era un simple animal les horrorizaba. Le dije a Canoabó que venía en son de paz, y que en prueba de mi buena voluntad le invitaba a subir a mi caballo. Aquello le atraía y le aterrorizaba al mismo tiempo, pero como estaba delante de sus guerreros y, sobre todo, delante de Anacaona, decidió subir. En ese momento me até a él con una cuerda que tenía escondida, y espoleando mi montura partí a galope mientras mis hombres me seguían dando alaridos y disparando sus arcabuces. Fue algo ma-

ravilloso de ver, pero no acabó ahí la
cosa.

PONCE: *(sorprendido)* ¿Cómo que no acabó ahí
              la cosa? Tenía entendido que os habíais
              dirigido directamente a Isabela, donde
              encerraron a Canoabó.

OJEDA: Eso es lo que la gente cree, pero no fue
              así. Lo mejor viene ahora. ¡Dame un
              trago, Balboa!

*(BALBOA le llena un vaso; OJEDA bebe, se lo devuel-
ve y, colocándose la espada bajo la axila, se inclina
como si fuera a confesar un gran secreto)*

OJEDA: Dos horas después, cuando nos había-
              mos detenido a la orilla de un río con
              los caballos totalmente destrozados, en
              la otra orilla hizo su aparición el cacique
              Behéquio, cuñado de Canoabó, que me
              retó a cruzar solo y luchar con él cara a
              cara o nos echaría encima a sus cinco
              mil guerreros.

CIFUENTES: ¿Cinco mil..? ¡Exageráis…!

OJEDA: ¡Bueno…! Serían cien, pero sobraban
              porque estábamos agotados y sin mon-
              turas. Acepté el reto, pero de pronto
              comprendí que si intentaba cruzar el río
              con mi pesada armadura me ahogaría
              (hace una dramática pausa) ¿A que no
              sabéis lo que hice?

VARIOS: *(ad libitum)* ¿Os quitasteis la armadura?
                 (OJEDA niega) ¿Os desnudasteis? ¿Le
                 disparasteis con una ballesta?

OJEDA: ¡Nada de eso! Me acordé de Moisés
                 cuando atravesó el mar Rojo, e hice que
                 mis hombres contuvieran las aguas…

GARROTE: *(asombrado)* ¿Cómo?

OJEDA: ¡Así! Vosotros, los de la derecha, levan-
                 taos y arrimaos a aquella pared.

*(los mencionados se miran un tanto desconcertados,
pero obedecen y se apartan hasta donde les ha indi-
cado)*

OJEDA: Y vosotros, los de la izquierda, poneos
                 junto al mostrador. ¡Ahí justo…! En-
                 tonces, cuando las aguas se apartaron,
                 las piedras quedaron al descubierto y yo
                 salté de una a otra sin poner los pies en
                 el agua… *(mientras dice esto, OJEDA sal-
                 ta de un taburete a otro de los que han
                 quedado libres, hasta plantarse justa-
                 mente ante el sorprendido CIFUENTES,
                 que no tiene tiempo de reaccionar, colo-
                 cándole la punta de la espada ante los
                 ojos)* hasta llegar donde estaba aquel
                 hijo de puta, y le dije: «si te mueves eres
                 hombre muerto»… *(ríe divertido)* Tal
                 como acabo de hacer ahora. *(a CIFUEN-
                 TES)* ¡Como ves, no he puesto los pies
                 en tierra!

(toda la concurrencia estalla en risas, gritos, aplausos y silbidos, y entre varios alzan a OJEDA en hombros mientras cae rápido el telón)

FIN DEL ACTO SEGUNDO

ACTO TERCERO

El mismo lugar. Es por la mañana y en escena tan sólo se encuentra PIZARRO limpiando las mesas, mientras se oye la voz de CATALINA que canturrea en la cocina, cuya puerta aparece entreabierta. Brilla un relámpago seguido de un trueno lejano, PIZARRO alza el rostro.

PIZARRO: ¡Va a caer una buena!

(continúa su trabajo hasta que se abre la puerta principal y hace su aparición CORTÉS, pero un CORTÉS que parece salido de una batalla, pues tiene enormes ojeras, ha adelgazado, trae el pelo revuelto, un pie descalzo, y se deja caer en la primera silla que ve, como si se encontrase absolutamente acabado. PIZARRO no puede contener su horror)

PIZARRO: ¡«Primo»…! ¿Dónde andabas? Pero ¿qué te ha ocurrido?

CORTÉS: *(melodramático)* ¡Todo!

PIZARRO: Parece como si te hubiera pasado la caballería por encima.

PIZARRO: ¡Y que lo digas…! ¡Ay, «primo»! ¡Si yo te contara…!

PIZARRO: *(sentándose)* ¡Pues cuéntamelo…!

CORTÉS: *(suspirando hondo)* ¿Recuerdas aquella tarde…? Fui al bosque y fue como subir al cielo… ¡No te puedes dar una idea! ¡Maravilloso! Tanto, que decidí repetir, Beatriz me metió en su casa a media noche y me encerró en el sótano. ¡Me encerró! ¿Te imaginas? Me encerró, y no bajaba más que para llevarme algo de comer y abusar de mí. Yo quise dejar mi pendón muy alto, «primo», pero el pendón de Beatriz está mucho más alto que el de todo un ejército, y te juro que del cielo descendí al purgatorio y de ahí a los infiernos, pues cada vez que su marido salía o se dormía, iba a por mí y en verdad que hubo un momento que creí que me sorbía los sesos sacándomelos a través de todo el cuerpo. *(lanza un sollozo)* ¡Qué mujer, «primo»! ¡Qué cosa tan tremenda…! Es capaz de acabar ella sola con todos los hombres de esta isla.

PIZARRO: *(horrorizado)* ¡Dios bendito!

CORTÉS: No me extraña que el pobre Escobar ande buscando la Fuente de la Eterna Juventud… ¡Un río necesita!, y si la encuentra, que me traiga un barril de esa agua, pues tengo la impresión de que he envejecido veinte años en seis días…

(CATALINA surge de la cocina revolviendo en un vaso de vino dos yemas de huevo)

CATALINA: ¡Tómate esto! Lo he oído todo. ¡Pobre hijo! Tienes aspecto de ir a caerte de un momento a otro.

CORTÉS: *(quejumbroso)* Lo que no entiendo es cómo tuve fuerzas para echar a correr en un descuido. *(muestra su pie descalzo)* Perdí una bota... ¡y la espada!

CATALINA: Es que os dejáis enredar por la primera que pasa. ¡Con su cara de ángel y le da más gusto al cuerpo en una semana que yo en tres años...!

(una luz cegadora invade la estancia y un nuevo trueno restalla, ahora muy cerca)

CATALINA: ¡Demonios, lo que se nos viene encima!

CORTÉS: ¡Eso no es nada, señora! Relámpagos como ése los veo yo a cada minuto.

(la puerta se entreabre y un ANCIANO, vestido de negro y con las ropas muy gastadas, inquiere con voz de extrema fatiga:)

ANCIANO: Disculpen las molestias. ¿Podría refugiarme aquí hasta que pase la lluvia?

CATALINA: ¿Cómo no...? ¡Pase y acomódese! ¿Le apetece tomar algo?

ANCIANO: ¡No, muchas gracias! Tan sólo quiero descansar un poco *(va a buscar asiento en un rincón y muy pronto se queda adormilado, apoyado contra la pared)*

CATALINA: *(a CORTÉS)* ¿Tienes hambre?

CORTÉS: Lo que tengo es angustia. Necesito un lugar donde esconderme. ¡Si me encuentra…!

CATALINA: ¡Le dices que no y basta!

CORTÉS: *(asombrado)* ¿Decirle que no? ¡A Beatriz no se le puede decir que no…! Te mira a los ojos y empieza a acariciarte, besarte, desnudarte, susurrarte, y cuando te quieres dar cuenta estás perdido.

(GERTRUDIS AVENDAÑO, que ha surgido de su habitación y desciende por las escaleras siempre con sus libros bajo el brazo, ha tenido oportunidad de escuchar la última parte de la conversación y comenta con humor:)

GERTRUDIS: Esa muchacha no necesita que le lea las manos. Lleva escrito en el rostro cuál será su futuro… ¡Devoradora de hombres!

CORTÉS: ¡Lo malo es que te empieza a devorar siempre por la misma parte…!

(GERTRUDIS AVENDAÑO se sienta frente a él y le toma las manos, volviéndolas hacia arriba)

GERTRUDIS: Vamos a ver lo que está escrito aquí.

CORTÉS: *(apartándolas)* ¡Ya le he dicho que en mis manos no hay nada! Lo que haya que escribir, lo escribiré yo mismo.

GERTRUDIS: Con la espada, lo sé… Pero has perdido tu espada. ¡Vamos! Deja que las vea.

PIZARRO: *(molesto)* A mí, que la atiendo todos los días, se niega a leerme el futuro, y a él, que no quiere saberlo, le insiste. Un poco puñetera, ¿no le parece?

GERTRUDIS: *(sonriendo)* ¡Mujer al fin! Convéncele y te las leeré a ti también.

PIZARRO: ¡Por favor, «primo»…!

CORTÉS: *(mostrándoselas)* Mire lo que quiera, pero a mí no me diga nada… ¡ni bueno ni malo! No necesito a nadie para saber que llegaré muy lejos.

(la quiromántica se concentra en el estudio de las manos de HERNÁN CORTÉS y no cabe duda de que lo que ve le impresiona y desconcierta, pues en un par de ocasiones alza los ojos y le observa como si le costara aceptar la realidad. Por último agita la cabeza y, como si saliera de un profundo trance, susurra con un hilo de voz:)

GERTRUDIS: ¿De verdad que no quieres saber nada?

CORTÉS: *(seguro)* ¡Ni una palabra!

GERTRUDIS: *(enigmática)* ¡Mejor así…!

(se pone en pie cansinamente, como si de pronto el mundo se le hubiera venido encima, y, aproximándose al ventanal, se queda inmóvil observando la lluvia que cae sobre la gran plaza de Armas. CATALINA, CORTÉS y PIZARRO se miran un tanto sorprendidos)

PIZARRO: ¿Qué mosca le ha picado?

CORTÉS: ¡Cualquiera sabe! ¡Éstas están todas chifladas! Una incluso me dijo una vez que las huellas de los dedos son diferentes en todas las personas. ¡Imaginaos…! Con la cantidad de gente que hay en el mundo… *(a PIZARRO)* ¿No tendrías un sitio donde pudiera dormir un rato? ¡Estoy deshecho!

PIZARRO: *(a CATALINA)* ¿Le deja quedarse en mi habitación…?

CATALINA: ¡Sólo por hoy…! A no ser que quieras trabajar aquí…

CORTÉS: *(horrorizado)* ¿Dónde pueda encontrarme Beatriz? ¡Ni loco! Y si pregunta por mí, que voy camino del Cipango…

PIZARRO: *(riendo)* ¡Ven…! Te enseñaré mi cuarto… Y me juego la cabeza que antes de tres días ya la andas buscando…

(le toma por el brazo y le ayuda a subir como si se tratara de un inválido, pues resulta evidente que el otro casi no puede mantenerse en pie. Cuando desaparecen en la habitación, CATALINA se vuelve hacia GERTRUDIS)

CATALINA: ¿Os ocurre algo?

GERTRUDIS: *(ausente)* ¿Qué...?

CATALINA: *(aproximándose)* Que si os ocurre algo. Se diría que de pronto os ha caído una losa encima.

GERTRUDIS: ¡Y así es! Durante más de veinte años me he dedicado a estudiar una ciencia que llegué a creer exacta, y en la que confiaba como confío en que Dios está por encima de todo. Cada raya de la mano era como un renglón que Él mismo hubiera escrito para que los que sabíamos interpretarlos pudiéramos conocer sus designios. ¡Pero de pronto todo se me viene abajo!

CATALINA: Pero ¿por qué? ¿Qué habéis visto en las manos de ese muchacho?

GERTRUDIS: Lo mismo que vi en las de Alonso de Ojeda, Vasco Núñez de Balboa o Ponce de León...: gloria, conquistas, sangre, imperios... ¡tantas cosas que incluso a mí me cuesta aceptarlo! No es posible que en una misma ciudad, en una misma taberna y en una misma época, se hayan reunido cuatro hombres marcados por un destino prodigioso. ¡Dos, pase…!; tres, ¡demasiado…!; cuatro, ¡ni hablar! Algo está equivocado y no cabe duda de que el error es mío. ¡Mi «ciencia» no sirve para nada!

CATALINA: No deberíais ser tan fatalista. Tal vez con el viaje los conceptos hayan cambiado y aquí las rayas de la mano signifiquen otra cosa. ¡Dad tiempo al tiempo! ¡Probad con más gente! Gente sencilla… *(a PIZARRO, que baja las escaleras)* ¡Pizarro, ven aquí, que doña Gertrudis te va a leer las manos!

PIZARRO: ¡Ya era hora! Dejaré de echarle moscas en la sopa… ¡Aquí están!

(GERTRUDIS AVENDAÑO le toma las manos, las observa un instante y luego las rechaza con gesto despectivo)

GERTRUDIS: ¡Anda ya…!

PIZARRO: *(ofendido)* ¿Qué ocurre? ¿Tan malas son?

GERTRUDIS: No es que sean malas. Es que aquí todas dicen lo mismo. ¡Y no me lo creo!

PIZARRO: ¿Y por qué no me lo cuenta, aunque no se lo crea?

GERTRUDIS: No vale la pena.

— 104 —

PIZARRO: *(con sequedad)* Para mí sí. Soy hijo natural de un noble y una cocinera, y mientras mis hermanastros vivían en un cómodo caserón, yo tenía que servirles de criado y cuidar sus cerdos. Nadie me enseñó a leer ni escribir, vine aquí soñando con encontrar una vida mejor, y lo único que encontré fue un trabajo denigrante. Tengo ya casi treinta años y aún ni siquiera sé manejar una espada. ¡Necesito una esperanza! ¡Necesito creer en ella aunque nadie más crea...!

(GERTRUDIS medita unos instantes, se vuelve hacia CATALINA como buscando ayuda, pero al fin asiente con desgana)

GERTRUDIS: ¡Está bien! Te diré lo que he visto. He visto que tienes las manos de un rey o un semidiós; unas manos que se adueñarán de las mayores riquezas que jamás se hayan soñado, conquistarán un fabuloso imperio, y conseguirán la más fantástica victoria imaginable. *(le toma las manos y las señala)* ¡Mira esto! Aquí está escrito que pasarás hambre y calamidades, sufrirás todas las penas del infierno, pero al final de tu vida, cuando hayas perdido ya toda esperanza, llevarás a cabo una inconcebible hazaña que te hará pasar a la historia como el más audaz general que jamás haya existido. Eso es lo que está escrito, y lo que he visto. ¡Tú sabrás si lo crees...!

PIZARRO: ¡Lo creo!

GERTRUDIS: En ese caso debe creer también que serás traicionado y morirás violentamente a manos de aquellos en los que confiabas.

PIZARRO: *(con firmeza)* ¡No me importa! No me importa cómo viva o cómo muera si llego a ser algo más que pastor de cerdos o mozo de taberna.

GERTRUDIS: Eso es ya cosa tuya. Yo no intervengo. Para mí todo esto ha dejado de tener importancia.

CATALINA: *(animándola)* ¿Por qué sois tan pesimista? ¿Por qué no podéis estar en lo cierto?

GERTRUDIS: ¿Con respecto a Pizarro? ¿Y por qué no respecto a Cortés, Balboa, Ojeda o Ponce de León? ¿No entendéis que es absurdo? Incluso las manos de ese pobre anciano mentirían. ¡Ya no creo en nada!

CATALINA: ¡Intentadlo! ¡Leedle las manos! Si no veis más que las manos de un viejo, será que no estáis del todo equivocada. ¡Venid...! ¡Señor...! ¿Me permitís un momento, señor?

(el ANCIANO, que hace un rato ha entreabierto los ojos y les observa con aire de suprema fatiga, alza el rostro hacia ella)

ANCIANO: ¿Decidme…?

CATALINA: ¿Os importaría que esta amiga os leyera
                el futuro?

ANCIANO: *(socarrón)* ¿Futuro…? Querida señora,
                yo ya no tengo futuro. ¡Ni siquiera pre-
                sente! Pero no tengo nada mejor que
                hacer hasta que pare de llover.

*(extiende las manos y permite que GERTRUDIS las
estudie, pero ésta se limita a observarlas un instante
y negar con convicción)*

GERTRUDIS: ¡Peor todavía! ¡Está claro! He perdido
                mis poderes. *(a PIZARRO)* Te aconsejo
                que olvides todo lo que te he dicho. Vi-
                virás más tranquilo.

PIZARRO: ¡No quiero olvidarlo! No quiero creer
                que mi único futuro es servir jarras de
                vino y limpiar mesas.

*(GERTRUDIS se deja caer en una silla y con un gesto
despectivo aparta los libros)*

GERTRUDIS: ¡Allá tú! Y ahora tráeme una buena jarra
                de vino. Necesito emborracharme. *(al
                ANCIANO)* ¿Un poco de vino, señor?

ANCIANO: ¡Gracias, ahora sí…! Tengo la humedad
                metida en los huesos. ¡A mis años…!

*(PIZARRO sirve una gran jarra de vino a GERTRU-
DIS y le lleva un vaso al ANCIANO para continuar*

luego con su tarea de limpiar mesas, mientras CA-
TALINA desaparece en la cocina, donde se le escu-
cha revolver platos y cacerolas. Durante unos ins-
tantes todo permanece en paz, hasta que al fin la
puerta se abre y hace su entrada ALONSO DE OJE-
DA cubierto con una pesada capa que parece empa-
pada)

OJEDA: ¡Buenos días, Pizarro! Aunque es un
                decir. Está cayendo el diluvio.

PIZARRO: ¡Don Alonso…! No creí que os arries-
                garais a venir con esta agua.

OJEDA: ¡En mi cabaña es peor! Me caen los go-
                terones. Por lo menos aquí podré escri-
                bir tranquilo. ¡Buenos días, Gertrudis!
                (hacia la cocina) ¡Buenos días, Catalina!
                ¡Caballero…!

(deja la capa sobre una silla y toma asiento en su lu-
gar sacando de la bolsa de piel papel, pluma y tinte-
ro, dispuesto a continuar con sus memorias, aunque
GERTRUDIS le interrumpe)

GERTRUDIS: Perdonad, don Alonso, pero antes que
                nada quiero advertiros que todo cuanto
                os dije el otro día resultó falso. Estaba
                completamente equivocada.

OJEDA: *(sorprendido)* ¿Y eso?

GERTRUDIS: Es largo de explicar, pero olvidadlo, por
                favor…

OJEDA: Como gustéis.

(entra CATALINA con un plato y le ofrece primero a GERTRUDIS, luego a OJEDA y por último al ANCIANO)

CATALINA: ¡Probad esta morcilla! No la encontraríais mejor en Burgos.

GERTRUDIS: ¡Desde luego!

OJEDA: ¡Magnífica!

ANCIANO: ¡Morcilla…! ¡Hacía años que no comía morcilla!

(al oír la grave voz del ANCIANO, OJEDA se envara, presta atención, se fija en él con más detenimiento, y por último se pone en pie y se aproxima para mirarle de cerca. Su expresión es de asombro, y al fin cae de rodillas ante él y le toma la mano besándola con infinito respeto)

OJEDA: ¡Señor…! Pero ¿sois vos, señor? ¡Bendito sea este día que me concede la dicha de volver a veros! ¡Siempre a vuestras órdenes, señor!

ANCIANO: ¡Siempre tan noble y tan fiel, Ojeda!

OJEDA: ¡Hasta el último día de mi vida, señor! ¿Cómo no habría de serlo?

CATALINA: *(asombrada)* Pero ¿quién es… ? ¿Quién es?

OJEDA: ¿Cómo que quién es? ¡*EL ALMIRANTE*!

CATALINA: (*incrédula*) ¿El almirante?

OJEDA: Su Excelencia don Cristóbal Colón, virrey de las Indias y almirante de la mar Océana... ¡Mi señor!

CATALINA: (*persignándose*) ¡Santo Cielo! ¡El almirante en mi casa!

GERTRUDIS: (*alborozada*) ¡Luego es cierto! ¡Es cierto lo que leí en su mano! ¡Es el almirante! ¡¡*EL ALMIRANTE*!!

(*una puerta del piso alto se abre y hace su aparición HERNÁN CORTÉS en paños menores y con cara de haber sido despertado violentamente*)

CORTÉS: ¿Qué gritos son ésos? ¿Qué diablos ocurre?

PIZARRO: ¡Es el almirante! ¡Colón en persona!

(*medio desnudo y descalzo, CORTÉS baja la escalera, casi rueda por ella y va a dejarse caer a los pies de COLÓN para alargar la mano y rozarle la capa como si se tratara de un santo. CATALINA, GERTRUDIS y PIZARRO también se han aproximado y le rodean incrédulos*)

CORTÉS: ¿De verdad es él?

OJEDA: ¡Naturalmente! ¿Cuándo habéis llegado, Excelencia?

COLÓN:	¡Anoche...! En el barco en que me fue a buscar Diego Salcedo.
CATALINA:	*(desconcertada)* ¿Diego Salcedo? ¿El jabonero?
COLÓN:	*(con amargura)* ¡Exactamente! Ese hombrecillo al que todos desprecian porque ejerce un oficio humilde, se gastó cuanto había ganado en años de duro trabajo en fletar un barco e ir a buscarme. Cuando era virrey le concedí el monopolio del jabón, se hizo rico, y es de los pocos que no olvidan. ¡Como tú, Ojeda, que sé que te enfrentaste al gobernador exigiéndole que mandara a rescatarme!
OJEDA:	Con ningún éxito como veis, que mi influencia en la isla es bien escasa.
COLÓN:	¡Y la mía, viejo amigo! Y la mía. Que los segundones se han hecho como siempre con el poder y los adelantados ya no contamos.
OJEDA:	¡Vos seréis siempre el virrey!
COLÓN:	*(escéptico)* ¡Sólo de nombre...! Pero ya eso carece de importancia. Las cosas ocurrieron tal como estaba escrito que ocurrieran. Se atravesó el océano porque el Señor así lo había dispuesto y así lo había anunciado, como hace siempre, a través de sus profetas. Me concedió el

máximo honor que se le haya concedido a un hombre: ensanchar los límites que él mismo había impuesto al planeta, pero para no ser demasiado injusto con el resto de los mortales, me envió terribles sufrimientos que me veo obligado a soportar con la misma naturalidad con que acepté la gloria. Para eso nací, y con ese convencimiento he de morir.

OJEDA: Aún os espera una larga vida.

COLÓN: ¡No, Alonso! Sabes bien que no. Estoy cansado; muy cansado, y lo único que me queda ya es esperar el juicio de la Historia. Pero no me derrotaron ni el mar, ni los salvajes; mis peores enemigos fueron los que se decían mis amigos. Y yo mismo.

CORTÉS: ¿Me permitís una pregunta, Excelencia?

COLÓN: ¡Dime, hijo, dime!

CORTÉS: De todos vuestros innumerables sufrimientos y calamidades, ¿cuál ha sido el más difícil de sobrellevar?

(el ALMIRANTE *medita unos instantes como si estuviera pasando repaso a su vida, y por último responde:)*

COLÓN: Los mosquitos.

CORTÉS: *(incrédulo)* ¿Los mosquitos? ¡Pero eso es absurdo!

COLÓN: *(con naturalidad)* ¿Qué tiene de absurdo? Si algún día visitas la Costa de los Mosquitos, o pasas un año, como he pasado yo, en las selvas de Jamaica asaltado por millones de ellos que te vuelven loco con sus zumbidos, te hinchan como un globo y hacen que hasta el último poro del cuerpo te duela sin permitir pegar ojo, entenderás lo que te digo. El hombre soporta cualquier prueba a condición de poder descansar de tanto en tanto, pero si no consigue dormir y ese zumbido acaba convirtiéndose en una obsesión, llora de impotencia aceptando que le arranquen el corazón a cambio de una hora de sueño. Yo llevo sin dormir en paz casi dos años. ¡Y ahora he de irme! Por lo que veo ha dejado de llover y me espera el gobernador.

OJEDA: ¡Cuidaos de él! ¡Os odia!

COLÓN: ¿Y qué puede importarme a estas alturas el odio de un hombre como Ovando...? ¿O incluso el olvido de unos reyes a los que multipliqué por cien sus territorios? Llega un momento en que nos damos cuenta de que la realidad, ¡ni aun tan siquiera la de haber descubierto un Nuevo Mundo!, puede compararse a la grandiosidad de nuestras pasadas ilusiones. Lo que en verdad importa es el viaje, nunca el arribo. *(le aprieta con afecto la mano)* ¡Me alegra haberte visto

Ojeda! ¡Sigues siendo el más fiel! ¡Señoras...! ¡Caballeros...!

(se encamina a la puerta arrastrando su pierna enferma de gota y caminando con un terrible esfuerzo, y en el momento de salir BEATRIZ MONTENEGRO hace su aparición en el umbral y le sostiene la puerta para que pase. Al verla, HERNÁN CORTÉS da un salto y se esconde bajo una mesa indicándole a Catalina que le cubra con su amplia falda)

CORTÉS: ¡Dios santo, Beatriz y yo medio desnudo! ¡Si me descubre estoy perdido! ¡Ocultadme, por favor!

(CATALINA se coloca con rapidez ante la mesa abriendo lo más posible sus faldas, al tiempo que PIZARRO se apresura a avanzar hacia la recién llegada exhibiendo la mejor de sus sonrisas)

PIZARRO: ¡Qué grata sorpresa...! ¿A qué debemos el honor de tan temprana visita?

BEATRIZ: Estoy buscando al caballero Hernán Cortés. *(alza un paño y muestra una bota)* Creo que esto es suyo.

PIZARRO: *(tomándola)* ¡Se lo daré! ¿Y la espada?

BEATRIZ: *(sonriendo)* Si sabéis lo de la espada es que ha estado aquí.

PIZARRO: *(nervioso)* ¡Sólo de pasada!

BEATRIZ:	Entiendo… Si lo veis, decidle que su espada se quedó en mi sótano.
CATALINA:	¿Y qué tendrá que hacer para recuperarla?
BEATRIZ:	*(con intención)* ¿Y vos lo preguntáis? Tengo entendido que tenéis el sótano lleno de espadas.
CATALINA:	*(molesta)* Pero están sólo como prenda de pago a cambio de vino o comidas.
BEATRIZ:	No todo es vino y comidas, señora. Hay otras cosas. *(repara en OJEDA)* ¡Perdón, don Alonso! No os había visto. ¡Cómo no estáis en vuestro lugar de siempre…!
OJEDA:	¡Buenos días, Beatriz! ¿Y vuestro esposo?
BEATRIZ:	¡Feliz con el mapa que le habéis dibujado! ¡Zarpará muy pronto! Por cierto… tengo algo para vos. *(saca del escote una carta cuidadosamente doblada y se la entrega a OJEDA que en esos momentos regresa a su sitio)* Aquí está lo que os prometí. ¡Y gracias por todo!
OJEDA:	¡No hay de qué! ¡Un caballero debe estar siempre al servicio de los más débiles…! *(hace una pausa)* A don Diego le vendrá bien un largo viaje por mar.
BEATRIZ:	Es lo que le ha dicho el médico. *(se

encamina a la puerta pero repara en PI-ZARRO, que continúa con la bota en la mano y le observa de arriba abajo) ¿A qué hora soléis acabar vuestro trabajo?

PIZARRO: *(alarmado)* ¡Tarde, señora...! ¡Muy, muy tarde!

BEATRIZ: ¡Lástima! Tendrías que ir a ver la puesta de sol desde el palmeral que hay en la desembocadura del río. ¡Vale la pena!

PIZARRO: ¡Ya me lo han advertido, señora! ¡Ya!

BEATRIZ: ¡Adiós a todos!

TODOS: *(ad libitum)* ¡Adiós!

(sale BEATRIZ, pero casi al instante asoma de nuevo la cabeza y agita la mano divertida)

BEATRIZ: ¡Adiós, Cortés...!

(desaparece y CATALINA se aproxima al ventanal para cerciorarse de que se aleja definitivamente)

CATALINA: ¡Ya puedes salir!

CORTÉS: *(sin moverse)* ¡Dios me ayude! ¿Y qué voy a hacer ahora? Sin espada me siento como desnudo.

CATALINA: *(riendo)* ¿Más aún?

CORTÉS: *(desolado)* ¡No os riáis! No podéis comprender lo que significa la espada para un soldado.

OJEDA: Ella no, pero yo sí. ¿Quieres una espada? ¡Quédate la mía! Estoy cansado de utilizarla en vano, y Rodrigo de Bastidas ha demostrado que para ganarse a estos indígenas más valen las palabras que el acero.

CORTÉS: ¿Incluido Canoabó?

OJEDA: La vida me ha enseñado que por cada Canoabó hay mil gentes pacíficas, que son las que en verdad importan. *(le ofrece su arma)* ¡Quédatela!

(CATALINA se encamina al mostrador y desaparece tras él al tiempo que CORTÉS rechaza con un gesto:)

CORTÉS: ¡Eso nunca! Crucé el océano con el fin de emular vuestras hazañas y aceptar la espada de mi héroe sería tanto como aceptar que mi héroe ha muerto. Aspiro a tener vuestro valor, no vuestra espada.

OJEDA: Pues en ese caso ten presente que el auténtico valor no precisa espadas tras las que esconderse. Me han dicho que eres sobrino del gobernador... Si es cierto, demuestra tu valor haciéndole comprender que se está equivocando, y que lo que necesitamos son amigos, no esclavos.

CORTÉS: ¡Lo haré, aunque no me escuchará! Le conozco y me consta que le pierde la soberbia propia de quienes imaginan que por haber sido designados para un alto cargo ya son tan grandes como el propio cargo. ¡Y raramente es así! El hábito no hace al monje, ni la corona al rey.

(GERTRUDIS AVENDAÑO avanza un paso, extrae de la manga una pesada moneda, y la coloca sobre la mesa tras la que se encuentra sentado CORTÉS)

GERTRUDIS: ¡Cómprate una espada nueva! Me tomas por loca y no quieres saber qué es lo que leí en tus manos, pero esas manos van a necesitarla. ¡Y mucho!

CORTÉS: Gracias, pero no puedo aceptarlo. *(con firmeza)* ¡Recuperaré mi espada! *(acojonado)* Aunque creo que más fácil me resultaría quitársela al Gran Turco. ¿No conoceríais por casualidad la receta de un buen reconstituyente?

(CATALINA, que ha surgido de detrás del mostrador llevando en la mano la más hermosa espada que quepa imaginar, le interrumpe señalando)

CATALINA: ¡Déjate de reconstituyentes! ¡Esto es lo que necesitas! Una espada forjada por el mismísimo Antón de Ocaña. Perteneció al capitán Sancho Figueroa, que siempre la puso al servicio del bien y la justicia. Por desgracia murió de un mal parto.

— 118 —

CORTÉS: (desconcertado) ¿Cómo que murió de un mal parto? No os comprendo.

CATALINA: ¡Pues es muy fácil! Tenía una mula estrecha de ancas y cuando la estaba ayudando a parir le dio una coz en la cabeza que le dejó seco en el acto. ¡Una pena de hombre...! ¡Toma! Ya me la pagarás cuando puedas.

(CORTÉS toma la espada y no puede por menos que maravillarse ante semejante joya)

CORTÉS: ¡Juro que os la pagaré! ¡Y la haré famosa! (a OJEDA) ¡Seré casi tan grande como vos!

OJEDA: (con humor) Pues tendrán que cortarte las piernas, porque lo que es yo no pienso crecer más...

CATALINA: ¡Asunto arreglado! Y ahora ve a vestirte porque por ahí veo venir a Leonor Banderas y mi casa va a parecer un burdel.

(en efecto, a los pocos instantes se abre la puerta una vez más y hace su entrada la prostituta, a tiempo de enfrentarse a CORTÉS, que se dispone a subir las escaleras. Le detiene por un brazo y, tomándole de la barbilla, le alza el rostro)

LEONOR: ¡Vaya por Dios! ¿Y tú quién eres, buen mozo...?

CORTÉS: ¡Olvídeme, señora…!

(se aparta de mal humor y se encamina al piso alto contemplado por la recién llegada, que no puede evitar un leve silbido de admiración para volverse, divertida, hacia CATALINA)

LEONOR: ¡Qué tesoros ocultas…! ¿Será éste el que tenga que abrirse paso a machetazos?

CATALINA: ¡Oh, vamos, Leonor! ¡Si es casi un niño!

LEONOR: ¿Niño…? Éstos son los niños que a mí me gustan, y no los que me nacen en cuanto me descuido. ¡Buenos días a todos! Por cierto, Excelencia: el secretario del gobernador, que es buen cliente, me ha confesado que hoy se implanta el decreto sobre repartimiento de tierras y encomiendas. Todo indio o mestizo que no se apresure a abandonar la isla podrá considerarse prácticamente esclavo en cuanto le pongan la mano encima.

OJEDA: ¡Quien se atreva a tocar a mi familia es hombre muerto!

LEONOR: No lo dudo. Pero ¿qué ocurrirá cuando vos faltéis? ¿Y qué les ocurrirá a los hijos de vuestros hijos?

OJEDA: *(alarmado)* ¿Qué quieres decir con eso?

LEONOR:	¡Está muy claro, Excelencia! Lo malo de ese decreto no se centra en el hecho de que afecte a los indígenas de la isla. ¡Total, entre guerras y epidemias no quedan ya más que cuatro gatos! Lo peor es que crea un precedente que afectará a todos los pobladores de ese Nuevo Mundo que tenemos delante. Generaciones enteras sufrirán lo indecible porque unos cuantos desaprensivos se quieren hacer ricos cultivando caña de azúcar, y un estúpido gobernador no ha sido capaz de frenar sus ambiciones.
OJEDA:	*(confuso)* ¡Jamás pude imaginar que entendieras de esos asuntos!
LEONOR:	*(cínica)* Cuando se frecuentan muchas camas se aprenden muchas cosas, y yo soy puta, pero no tonta. En Santo Domingo se ha plantado la semilla de un gigantesco árbol que habrá de dar sombra a todo un continente, y ya se sabe que «de tal semilla, tal árbol y de tal árbol, tal fruto».
OJEDA:	Somos muchos los que soñamos con que ese árbol dé buenos frutos.
LEONOR:	Lo que los soñadores sueñan, poco tiene que ver con la realidad. Son hombres como Ovando los que conseguirán que ese árbol dé un fruto amargo, aunque sean los hombres como vos los que acaben cargando con las culpas.

OJEDA: *(molesto)* ¿Y qué culpa tengo yo, si las dos mujeres que más he amado son indígenas y mis dos únicos hijos mestizos?

(GERTRUDIS AVENDAÑO interviene señalando a LEONOR)

GERTRUDIS: Ninguna, desde luego, pero Leonor tiene razón: unos descubren, conquistan y pasan a la Historia, pero los grandes errores que caen luego sobre sus espaldas los suelen cometer gentes anónimas que vienen mucho más tarde. Siempre fue así, y así seguirá siendo. *(se aproxima y le toma las manos)* ¡Ahora vuelvo a estar segura de lo que he visto! Las manos de Colón me han convencido. No sé por qué extraña razón el destino ha querido reunir aquí a tanto hombre genial, pero aquí están y por lo tanto mi sueño se ha cumplido.

CATALINA: *(pragmática)* Si las cosas son tal como pretendéis, la razón es muy simple: todo aquel que aspire a conquistar el Nuevo Mundo tiene que pasar necesariamente por Santo Domingo. Y todo aquel que venga a Santo Domingo tiene que pasar, necesariamente, por mi taberna, puesto que está claro que soy la mejor cocinera y la más encantadora mesonera. ¿Lógico, no os parece?

OJEDA: *(divertido)* ¿De modo que no es culpa del destino sino tuya?

CATALINA: *(coqueta)* ¡Salta a la vista! ¿Quién po-
                 dría negarse a…?

*(se interrumpe porque la puerta se ha abierto y en
ella ha hecho su aparición PONCE DE LEÓN, que
trae casi a rastras a un VASCO NÚÑEZ DE BALBOA
semiinconsciente, cubierto de barro y empapado de
los pies a la cabeza)*

CATALINA: Pero ¿qué es esto? ¿Qué ocurre?

PONCE: ¡Es Balboa! ¡Está herido!

CATALINA: ¡Lo que está es borracho!

*(PIZARRO y OJEDA acuden a ayudar a PONCE y de-
positan a BALBOA sobre una mesa donde queda
como un fardo)*

PONCE: Le dieron una paliza y lo arrojaron por
                 el terraplén del río. ¡Tiene fiebre!

CATALINA: ¿Y por qué tienes que traerlo aquí? Esto
                 es una taberna, no un hospital. Arriba
                 está Cortés, convaleciente de amoríos, y
                 ahora Balboa… ¿Dónde lo meto?

PONCE: ¡Y yo qué sé! Si quieres lo dejo donde
                 estaba y que se muera… No tiene casa y
                 yo duermo en un camastro que me
                 presta un amigo.

OJEDA: Lo llevaremos a mi choza, aunque se
                 mojará más que al aire libre.

(CATALINA lanza un suspiro y hace un gesto indicando la cocina)

CATALINA: ¡Está bien! Bajadlo al sótano. Hacedle sitio entre las barricas y las armas, pero en cuanto se reponga se larga porque le creo muy capaz de dejarme sin jamones y sin quesos.

OJEDA: Yo correré con los gastos. Ahora tengo dinero.

CATALINA: *(irónica)* ¿El que os dio Escobar? Ya lo habéis repartido, y por lo que apesta, éste ya se ha bebido la parte que le tocaba. ¡Asco de hombre! ¡Venga…! ¡Por aquí…!

(HERNÁN CORTÉS, que ha hecho su aparición en la balaustrada ya calzado y vestido, desciende a toda prisa y echa una mano para cargar a BALBOA. Entre los cuatro hombres lo pasan sobre el mostrador y desaparecen con él por la cocina rumbo al sótano. CATALINA hace un despectivo gesto hacia allí e inquiere dirigiéndose a GERTRUDIS AVENDAÑO)

CATALINA: ¿Estáis segura de que serán importantes? Estoy convencida de que sois la mejor quiromántica del mundo y que jamás mentiríais en algo así, pero a decir verdad, viéndoles me cuesta trabajo aceptar que, salvo Ojeda, ninguno de ellos pueda llegar a ser un héroe.

GERTRUDIS: Ser un héroe no requiere una preparación especial. El héroe nace de la noche a la mañana por un golpe de audacia o incluso de suerte. Es cuestión de estar en el lugar exacto en el momento justo y hacer lo preciso.

CATALINA: ¿Y ellos lo harán?

GERTRUDIS: Cada cual a su manera, al igual que lo harán otros muchos, porque la tierra es igual en todo un campo, pero la semilla germina allí donde el viento tiene el capricho de dejarla caer.

CATALINA: ¿Pretendéis decirme que no depende de los méritos que haga cada uno?

GERTRUDIS: Quien más méritos hará será sin duda Ojeda, pero el fruto lo recogerá, sin pretenderlo, Balboa. La mano de Cortés muestra valor y astucia en grado sumo, pero en la de Pizarro se puede encontrar la ambición y la ira en tal manera que asusta tan sólo de mirarla.

CATALINA: ¿Y las manos de Colón?

GERTRUDIS: *(sonriendo)* ¡Ésas son manos muy diferentes! Manos de sabio y casi en el centro de la palma tenía marcado un rombo. ¡El Gran Rombo!

LEONOR: *(intrigada)* ¿El Gran Rombo? ¿Y eso qué significa?

GERTRUDIS: Que el vencedor acaba aplastado por el peso de su propia victoria; la uve sobre la uve. Por grande que sea un rombo, la diferencia entre sus dos mitades siempre es la misma: cero. Tan sólo le quedará la fama, aunque su fama perdurará hasta el fin de los siglos.

CATALINA: ¿Y merece la pena? ¿Merece la pena pasar tantas calamidades en vida por el simple hecho de tener un puesto en la Historia?

GERTRUDIS: ¡Preguntádselo a él! Los hombres tienen respuestas para eso que las mujeres ignoramos.

(la puerta principal se abre de par en par e irrumpe corriendo un muchacho INDÍGENA, que vuelve los ojos a todas partes mientras grita desesperado:)

INDÍGENA: ¡Ojeda…! ¡Ojeda…! ¿Dónde está el capitán Ojeda?

(ninguna de las tres mujeres tiene tiempo siquiera de responder, porque tras él han hecho su aparición CIFUENTES, CAMEJO, GARROTE y dos hombres fuertemente armados)

CIFUENTES: ¡Más vale que dejes de correr! Ven conmigo o te corto en rodajas.

(CATALINA se pone en pie de un salto y se adelanta para colocarse ante el muchacho encarándose a los

*recién llegados mientras LEONOR, por su parte, se
dirige a la puerta de la cocina)*

CATALINA: ¡Un momento...! ¿Qué forma de entrar
              en mi casa es ésta? Aún no está abierta
              al público.

(CIFUENTES avanza amenazador)

CIFUENTES: ¡Déjate de boberías que no estoy para
              bromas! Este salvaje es mío. Me ha sido
              concedido en encomienda y ya es ley.
              ¿Me has oído? ¡Ya la encomienda es
              ley!

CATALINA: ¡Me importan una mierda vuestras le-
              yes! ¡Y Ojeda te advirtió que si volvías a
              poner los pies en mi casa eras hombre
              muerto!

CIFUENTES   *(burlón)* ¿Ah, sí? ¿Y dónde está ahora tu
              maravilloso Ojeda?

OJEDA: ¡Aquí!

*(ha hecho su aparición en la puerta de la cocina con
la espada desenvainada y, dando la vuelta al mostrador, se encara a CIFUENTES, que ha palidecido y
tiene que apoyarse en una mesa porque las piernas le
flaquean)*

OJEDA: ¡Estoy aquí, y sabes bien que siempre
              cumplo mis promesas, así que reza lo
              que sepas y date por muerto!

(GARROTE desenvaina su espada, y tanto CAMEJO como los otros dos hombres le imitan)

GARROTE: Si pretendéis matarle, tendréis que matarnos también a nosotros.

OJEDA: *(tranquilo)* ¡Si no queda otro remedio…!

CAMEJO: *(asombrado)* ¿Os atreveréis con los cinco?

PONCE: ¡No será necesario! Yo puedo ocuparme de uno.

CORTÉS: ¡Y yo de otro!

PIZARRO: ¡Y yo de un tercero!

(han ido haciendo su aparición en la puerta de la cocina, los dos primeros empuñando una espada y el tercero un arcabuz, lo que ejerce un inmediato efecto sobre la hostilidad de los otros, cuyo ánimo decae como por ensalmo)

CIFUENTES: ¡Nadie te ha dado vela en esto, Ponce! ¿Por qué te metes?

(VASCO NÚÑEZ DE BALBOA, que ha hecho su aparición apoyándose en LEONOR BANDERAS, pero también con una espada en la mano, replica:)

BALBOA: ¡Porque es amigo mío! ¿Qué os pasa? Sólo tenéis valor cuando sois cinco contra uno, como anoche. ¡Vamos…! Aún me quedan fuerzas para abrirte en canal.

(avanza pero OJEDA hace un gesto con la mano, deteniéndole)

OJEDA: No convirtamos esto en una masacre. Es un asunto entre él y yo. ¿Has rezado ya?

(CIFUENTES hace girar la espada ofreciéndole la empuñadura)

CIFUENTES: ¡No es necesario! Sé que no sois capaz de matar a un hombre desarmado.

OJEDA: ¡No! Nunca he sido capaz. *(al resto)* ¿Qué hay de vosotros?

(GARROTE, CAMEJO y sus acompañantes imitan el gesto de CIFUENTES, rindiendo sus armas)

OJEDA: ¡De acuerdo! ¡He aquí cinco cobardes! ¡Cinco mierdas de los que España nos manda junto a tanto hombre valiente! Os atrevéis con borrachos y mujeres porque sois un deshonor y una vergüenza indigna de pisar el Nuevo Mundo. ¡Os doy una semana! Una semana justa para que abandonéis la isla, o por Dios y como Alonso de Ojeda que me llamo, que donde quiera que os encuentre os abriré en canal estéis o no desarmados. ¡Lo juro sobre la cabeza de mis hijos! ¡Y ahora fuera…! ¡FUERA!

(salen los cinco, cabizbajos y aterrados, y OJEDA agita la cabeza apesadumbrado y acaba por arrojar su espada sobre la mesa con aire de suprema fatiga)

OJEDA: ¡He ahí a nuestros auténticos enemigos!
                He ahí aquellos contra los que en ver-
                dad tendremos que luchar. Los eternos
                escribas y fariseos que vuelven una y
                otra vez, como la plaga. Cristo los mal-
                dijo, pero si incluso a él le vencieron,
                ¿qué podemos hacer nosotros?

*(se vuelve al grupo que ha quedado inmóvil, como
estatuas de piedra, al tiempo que la luz comienza a
disminuir muy lentamente)*

OJEDA: Tened presente, amigos, que no habrá
                fiera en esas selvas, tormenta en esos
                mares, o salvaje en esas montañas, que
                nos causen más daño que los farsantes.
                Pretendemos que se escuche la voz de
                Dios, pero ellos ya se han adueñado
                de sus palabras. Soñamos con hacer jus-
                ticia, pero ellos retuercen a su antojo
                todo concepto de justicia. Buscamos un
                mundo libre, pero ellos lo han esclavi-
                zado. En lugar de enseñar a leer y escri-
                bir a esos pobres nativos, los ponen a
                cortar caña de azúcar, aunque yo os ad-
                vierto, amigos, que día llegará en que los
                hombres comprenderán que la abusiva
                creación de riqueza tan sólo favorece a
                los más ricos, mientras que la serena
                búsqueda de la sabiduría nos favorece a
                todos. Nos enviaron aquí a cristianizar,
                cristianizar es convertir a los salvajes en
                hermanos en Cristo con los que com-
                partir el Paraíso, y sin embargo, la ava-
                ricia de unos pocos implanta una ley

que nos separa para siempre de quienes deberían ser nuestros iguales. En este día nefasto, yo, vuestro capitán, Alonso de Ojeda, os ordeno que si vais a luchar, luchéis a sangre y fuego, pero que jamás lo hagáis en nombre de esa España que busca la riqueza, sino tan sólo en nombre de esa otra España, más profunda, y más eterna, que busca la justicia y la igualdad.

(todo queda en tinieblas, salvo un foco que le ilumina mientras se deja caer, abatido, sobre una silla)

OJEDA: ¡Señor, señor…! Apiádate de nosotros, pero apiádate, sobre todo, de este tu maravilloso Nuevo Mundo.

OSCURECE POR COMPLETO

EL MISMO LUGAR

El escenario comienza a iluminarse muy lentamente, para descubrir que su único ocupante es una ANCIANA *que se encuentra sentada en lo alto de la escalera con una gran bolsa de tela a su lado. Permanece completamente inmóvil observando la sala que se extiende bajo ella, hasta que la puerta principal se abre y desde el umbral una muchachita —*ISABEL*— llama hacia arriba.*

ISABEL: ¡Abuela...! ¡Abuela...!

ANCIANA: *(malhumorada)* No me llames abuela. ¡Soy la famosa tabernera Catalina Barrancas y merezco un respeto!

*(*ISABEL*, que ha avanzado hasta el centro de la escena, alza el rostro y replica con infinita paciencia)*

ISABEL: ¡Lo que tú digas, pero te advierto que, como dentro de media hora no estemos a bordo, el barco zarpará con Catalina Barrancas o sin Catalina Barrancas, y a ver qué vamos a hacer con todo nuestro equipaje rumbo a Sevilla y nosotras aquí!

ANCIANA: (gruñendo) ¡Sevilla, Sevilla...! ¡Qué
                    manía le ha entrado a todo el mundo
                    por ir a Sevilla! ¡Total!, llegaré justo
                    para que me entierren, y supongo que
                    ya tienen allí suficientes muertos pro-
                    pios.

ISABEL: (impaciente) ¡Anda, vamos, que se hace
                    tarde!

*(la ANCIANA se pone trabajosamente en pie, toma su
bolsa, pero sin descender ni un solo escalón, suplica
señalando a la sala que se abre bajo ella:)*

ANCIANA: ¡Espera un poco! ¿Crees que es tan fácil
                    dejar atrás toda una vida? Aún recuerdo
                    la mañana en que entre tu abuelo y yo
                    empezamos a levantar estos muros, y
                    salvo cuando di a luz a tu madre, no he
                    faltado un solo día. ¡Ni uno en más de
                    cincuenta años! Y fueron años prodi-
                    giosos *(comienza a descender al tiem-
                    po que señala un punto bajo ella)* ¿Ves
                    aquella mesa...? Allí se sentaba don
                    Alonso de Ojeda; el mejor; el más noble
                    y valiente, pero el de más triste fortuna,
                    puesto que todas sus expediciones fra-
                    casaron y murió de hambre en un con-
                    vento. Y ahí, detrás del mostrador, aún
                    me parece estar viendo a Pizarro con su
                    trapo en la mano... Conquistó el Perú
                    con menos de doscientos hombres y lle-
                    gó a ser el hombre más poderoso de su
                    tiempo, pero le asesinaron. Como al po-
                    bre Balboa; el gran borracho. Se regene-

— 134 —

ró para descubrir el mayor océano del mundo… ¡Él, que tan sólo amaba el vino!, y al final le cortaron vilmente la cabeza…

ISABEL: ¡Todo eso ya lo sé, abuela! ¡Me lo has contado mil veces…!

ANCIANA: Pero es que ahora no te lo estoy contando a ti. ¡Lo estoy reviviendo para mí porque jamás volveré a verlo! ¿Quién podría volver a ver a Hernán Cortés en paños menores huyendo de aquella golfa que llegó a ser gobernadora? ¿O a don Cristóbal Colón probando mis morcillas? ¿O a aquel loco de Ponce de León, que en su absurda búsqueda de la Fuente de la Eterna Juventud conquistó Puerto Rico y descubrió la Florida…? ¿O a tantos otros que pasaron por aquí mucho más tarde? *(ha llegado abajo y gira sobre sí misma en el centro del salón como si quisiera abarcarlo por entero)* ¡Todos! Todos los que descubrieron y conquistaron el Nuevo Mundo pasaron por la Taberna de los Cuatro Vientos, bebieron mi vino, comieron mis guisos e incluso me empeñaron sus armas… ¡Todos! *(lanza un sollozo, se diría que está a punto de derrumbarse e ISABEL acude a sostenerla)* ¡Y ahora la quieren convertir en un hospicio…! ¡Dios! Por una sola vez el Destino quiso reunir entre cuatro paredes a quienes construirían la Historia, y ahora esa Historia olvida que fue aquí, ¡justo en mi casa!, donde se empezaron a escribir sus más gloriosos capítulos. *(ISABEL comienza a empujarla suavemente hacia la salida)*

ISABEL: ¡Vamos ya, que madre debe estar a punto de volverse loca y el capitán de soltar amarras...! ¡Por favor!

(la ANCIANA se deja llevar con lágrimas en los ojos, pero en la puerta se detiene y se vuelve por última vez)

ANCIANA: ¡Está bien! ¡Está bien! ¡Ya voy! ¡Adiós...! ¡Adiós para siempre! ¡Adiós taberna, adiós Balboa, adiós Pizarro...! ¡Adiós a Cortés, adiós a Ponce, adiós al viejo almirante y, sobre todo, ¡sobre todo!, adiós a Alonso de Ojeda, el más noble, el más digno, el más valiente, aquél a quien más amé...! ¡Adiós! ¡Adiós! ¡Adiós!

ISABEL la empuja fuera y cierra tras sí la puerta, y sobre el escenario vacío cae, muy despacio, el

TELÓN FINAL

ALCAZARQUIVIR

ACTO PRIMERO

La acción transcurre en el amplio salón de un pequeño palacete de Valladolid durante el caluroso verano de 1594.

A la derecha, gran puerta a la calle; a la izquierda, dos más pequeñas que conducen a las estancias inferiores y al fondo una gran chimenea, apagada, sobre la que aparece un enorme crucifijo.

Al alzarse el telón podría creerse que el escenario se encuentra vacío, iluminado apenas por discretos candelabros, pero no es así, ya que en el ángulo más apartado puede distinguirse en la penumbra la oscura silueta de FRAY MIGUEL DE LOS SANTOS quien, con hábito de agustino, reza en silencio arrodillado sobre un pequeño reclinatorio.

Suenan, lejanas, nueve campanadas.

Durante unos instantes nada vuelve a turbar el silencio de la oración hasta que se escuchan, tenues y espaciados, unos golpes en la puerta que parecen responder a una señal convenida de antemano.

FRAY MIGUEL alza la cabeza, deja a un lado el libro y lentamente se pone en pie y se aproxima a la puerta.

FRAY MIGUEL: ¿Quién va?

VOZ: *(fuera)* Portugal.

FRAY MIGUEL: ¿A quién buscáis?

VOZ: *(fuera)* Al que tiene que llegar.

(satisfecho al parecer por tal respuesta, FRAY MI-GUEL abre la puerta para dar paso a DOS CABALLE-ROS EMBOZADOS, que no se deciden a dejarse ver el rostro hasta haberse cerciorado de quien les espera)

EMBOZADO 1.º: ¡Fray Miguel…!

(los dos se inclinan a besarle la mano al tiempo que se descubren permitiendo que el religioso les reconozca)

FRAY MIGUEL: ¡Coimbra… Ferreira…! ¡Me alegra veros…! No pudo elegir Portugal mejores representantes: su preceptor, y su gran amigo de la infancia.

COIMBRA: ¿Dónde está?

FRAY MIGUEL: Cerca.

FERREIRA: ¿Cuándo podremos verle?

FRAY MIGUEL: Muy pronto.

FERREIRA: Me devora la impaciencia.

FRAY MIGUEL: Mala consejera es ésa en el negocio que tratamos. Si habéis sido capaces de esperar tanto, no viene de un poco más.

FERREIRA: Será porque antes no teníamos la seguridad que tenemos ahora... *(le observa
fijamente)* Porque vos estáis completamente seguro, ¿no es cierto...?

FRAY MIGUEL: ¡Yo sí! «Él» es el único que duda.

COIMBRA: *(sorprendido)* ¡«Él»...! ¿Cómo es posible?

FRAY MIGUEL: Cuando lo conozcáis podréis entenderlo. A mí, hasta el presente, no me ha resultado posible hacerle confesar. Ni en
un sentido ni en el otro.

COIMBRA: *(amoscado)* ¿Entonces...? ¿A qué viene
todo esto?

*(FRAY MIGUEL, que ha avanzado hasta el centro de
la estancia, les indica con un gesto que tomen asiento, al tiempo que se dirige al reclinatorio y recoge su
libro de rezos. Desde allí se vuelve a mirarles)*

FRAY MIGUEL: Me conocéis lo suficiente como para
comprender que no os hubiera obligado
a emprender un viaje tan arriesgado si
no me moviera una razón de auténtica
importancia.

COIMBRA: ¿Y es...?

FRAY MIGUEL: Que no debemos gobernarnos por lo
que «él» acepte o deje de aceptar, sino
por la verdad tangible y evidente.

(los recién llegados dudan, intercambian confusas miradas y se diría que miran también a su alrededor como si temieran que alguien pudiera estar escuchando. Al fin, el más anciano, COIMBRA, inquiere casi con un esfuerzo:)

COIMBRA: ¿Y según vos, esa verdad tangible y evidente es la de que se trata de *EL DESEADO...*?

FRAY MIGUEL: Exactamente...

FERREIRA: ¡Dios bendito...! Al fin los cielos se han apiadado de nosotros premiando nuestra fe. Nadie creyó jamás que hubiera muerto. ¿Dónde ha estado todo este tiempo?

FRAY MIGUEL: Oculto... Rezando y pidiendo perdón por el horrendo desastre que causó. El pasado le atormenta.

COIMBRA: ¡Pero ese pasado está olvidado...! Le necesitamos.

FRAY MIGUEL: Por eso os he hecho venir. Tenéis que reconocerle, acatarle y llevar la buena nueva de su regreso preparándolo todo para cuando llegue el momento de la libertad.

FERREIRA: No habrá un solo hombre, ni una mujer, ni un niño, que no alce su brazo para expulsar de nuestra patria al español.

FRAY MIGUEL: ¡No...! Eso es precisamente lo que trata de evitar. No desea más guerras ni más muertes. Está convencido de que ya provocó demasiadas.

COIMBRA: Sin sangre no será posible la libertad. Don Felipe está firmemente asentado en el trono y únicamente la fuerza puede hacer que lo abandone.

FRAY MIGUEL: ¿Qué fuerza...? Hoy por hoy don Felipe es el monarca más poderoso del planeta y si nos alzáramos contra él nos aniquilaría en el acto. Tengamos paciencia: Francia, Inglaterra, Venecia y el Papa nos brindan su ayuda porque saben que con don Sebastián en el trono de Portugal el irresistible poder de España se debilitaría, pero no moverán un dedo hasta estar seguros del éxito.

COIMBRA: ¡Pero don Felipe no puede negarse a devolver el trono a su legítimo dueño!

(FRAY MIGUEL no puede evitar una leve sonrisa despectiva, y cuando replica lo hace con amarga ironía en la voz:)

FRAY MIGUEL: ¿Creéis en verdad que alguien que, según todos los indicios, mandó envenenar a su propio hijo y ha hecho asesinar a su hermanastro, el admirado don Juan de Austria, devolverá tranquilamente el trono a un «muerto» que surge de su tumba dieciséis años más tarde? Mu-

— 143 —

chos aseguran que fue un traidor al servicio de España quien asesinó a don Sebastián tras la nefasta batalla de Alcazarquivir, de tan triste memoria, para convertir así a don Felipe en heredero de la Corona de Portugal…

FERREIRA: Luego convenís en que no queda más camino que la guerra.

FRAY MIGUEL: O la astucia… Y la paciencia, ya que don Felipe se pudre en vida, sifilítico y gotoso, en ese inmenso mausoleo que se ha hecho construir en El Escorial. Por otro lado, tras la horrible derrota, don Sebastián juró ante el Santo Sepulcro que como penitencia guardaría silencio sobre su auténtica personalidad durante veinte años. Cuando se cumpla ese plazo habrá llegado el momento de actuar.

FERREIRA: *(horrorizado)* ¡Cuatro años aún! ¡El pueblo portugués no lo soportará!

FRAY MIGUEL: Eso es lo que don Sebastián desea. Los juramentos de los reyes son sagrados.

FERREIRA: Las ansias de libertad de una nación también lo son. Debemos conseguir que cambie de opinión.

(FRAY MIGUEL atraviesa lentamente la estancia y tira repetidamente de un cordón que hace que una campanilla suene en el interior de la casa)

FRAY MIGUEL: No cambiará de opinión respecto a su juramento. Nadie sabrá con exactitud si se trata del rey don Sebastián o de Gabriel de Espinosa, pastelero de Madrigal de las Altas Torres, hasta dentro de cuatro años, pero si le suplicáis tal vez acepte ocupar antes el trono de Portugal.

COIMBRA: *(desconcertado)* ¿Arriesgándonos a que se trate de un impostor? ¿Os habéis vuelto loco...?

FRAY MIGUEL: *(sonriendo apenas)* ¡Tal vez...! Comprobadlo vos mismo...

(abre una de las puertas que dan al interior de la casa y hace su entrada ESPINOSA, un hombre alto y de cabellos rubios ya entrecanos. Debe de tener unos cuarenta años, aunque tal vez aparezca algo envejecido, y sus gestos son altivos y de particular nobleza. En realidad es un ser terriblemente extraño y contradictorio, puesto que si bien en él es norma el orgullo, la soberbia, e incluso una particular arrogancia que demuestran que está acostumbrado a ser obedecido, a menudo desciende a las más bajas escalas de lo rufianesco, cambiando súbitamente de actitud para convertirse en una auténtica escoria humana que ríe y gesticula como un soldado, lo que provoca un instintivo rechazo. Ahora, sin embargo, su continente resulta más noble que nunca, puesto que avanza con paso firme para detenerse frente a los recién llegados y observarlos con una confusa mezcla de gravedad y simpatía)

ESPINOSA: Coimbra… Ferreira… ¡Qué terrible
huella ha dejado el tiempo en vuestros
rostros…! ¡Cuán distintos me parecéis
de aquellos que galopaban alegremente
junto al Tajo y se bañaban desnudos en
los remansos del río…! ¿Has aprendido
a nadar, Ferreira…?

*(los portugueses, que han quedado como petrificados
por el asombro, contemplan a ESPINOSA como si en
verdad se tratara de un aparecido salido de la tumba, a sus ojos asoman gruesas lágrimas, y al fin se
arrojan al mismo tiempo a sus pies tratando de besarle fervorosamente la mano)*

COIMBRA: ¡Bendito…! ¡Bendito mil veces sea el
día en que los cielos nos devuelven a
nuestro rey!

*(FERREIRA no se siente siquiera capaz de hablar, li-
mitándose a esconder el rostro entre las piernas de
ESPINOSA llorando mansamente como un niño que
encontrase de pronto la perdida protección de su padre. ESPINOSA le acaricia la cabeza dulcemente
mientras FRAY MIGUEL observa la escena con un
extraño brillo de fanatismo en los ojos, y al fin, tras
unos momentos de mal contenida emoción, ESPINO-
SA se inclina obligándoles a erguirse)*

ESPINOSA: ¡Alzaos…! Alzaos, Coimbra, mi maestro… No es momento de vasallaje, sino
de abrazos. Son muchos los años de se-
paración y mucho el amor que siempre
os tuve… ¡Cómo recuerdo ahora, al veros, a todos aquellos, tantos y tan queri-

dos, que quedaron tendidos para siempre frente a los muros de Alcazarquivir…!

COIMBRA: ¡No os atormentéis, Majestad! Cuantos allí cayeron se sintieron orgullosos de morir por vos y por su patria! ¡Dios los acogió en su seno!

ESPINOSA: Ésa es mi única esperanza: tanto he rogado por ellos que difícilmente el Señor podrá haber desoído mis plegarias.

FERREIRA: Escuchad ahora las de vuestro pueblo, mi señor… Portugal clama por el regreso del más querido de cuantos monarcas existieron. ¡Volved…! ¡Os necesitamos!

(ESPINOSA guarda silencio, meditando sobre lo que el otro ha dicho, se aparta unos metros y de improviso se vuelve bruscamente, aunque se diría que está hablando en voz alta consigo mismo)

ESPINOSA: ¿Portugal necesita a don Sebastián? ¿Por qué? ¿Para qué? Sólo fue un loco insensato que jugó con los ejércitos haciendo que la juventud, las banderas y el honor de Portugal se arrastraran por un charco de vergüenza y sangre… ¿Cómo puede su pueblo amarle aún?

(la respuesta de COIMBRA sorprende por su serenidad:)

COIMBRA: Es su rey.

ESPINOSA: Pero muerto don Sebastián, su tío le sucedió. ¿De qué se queja Portugal, si no puede existir un rey más prudente que Felipe Segundo?

FERREIRA: ¡Pero don Sebastián no ha muerto! ¡Sois vos!

(ESPINOSA niega decidido mientras avanza hacia la mesa y se apoya en ella, observándoles fijamente, como para estudiar sus reacciones. Su tono resulta más firme, más amargo y más apremiante que nunca:)

ESPINOSA: ¡No…! Tened en cuenta que yo no le he dicho, ni lo digo, ni aun lo sé. ¿Quién os asegura que ésa no es otra de las muchas suplantaciones que se han intentado basándose en la leyenda de que don Sebastián no murió en Alcazarquivir? Puedo ser uno de tantos impostores.

FERREIRA: ¿Olvidáis que yo conocía a don Sebastián desde niños? Nos criamos juntos… ¡Sois vos!

(ESPINOSA hace un amplio gesto con la mano como si el otro no supiera de lo que habla al tiempo que sonríe burlón)

ESPINOSA: ¿Acaso conocisteis a Gabriel de Espinosa? Don Sebastián sí, y al verle quedó tan sorprendido que creyó estar hablando con un espejo. Si también él se confundió, ¿por qué no vos?

(COIMBRA se agita inquieto observando a FRAY MI-
GUEL, que permanece tan inmóvil como una estatua
de sal, y se vuelve luego a su compañero como bus-
cando ayuda, pero éste aparece tan inquieto y des-
concertado como él)

COIMBRA:　　　¿Por qué pretendéis sembrar la inquie-
　　　　　　　tud en nuestro ánimo, señor? A la hora
　　　　　　　de proclamar vuestro regreso nuestra fe
　　　　　　　deberá ser inquebrantable… ¿Cómo
　　　　　　　vencer con la duda en el pecho?

(ESPINOSA se aproxima de nuevo a él y colocándole
la mano en el hombro sonríe con una cierta tristeza)

ESPINOSA:　　¡Mi fiel amigo…! Anhelas creer y temes
　　　　　　　no ser lo bastante fuerte… Quieres que
　　　　　　　despeje tus dudas, pero yo me complaz-
　　　　　　　co en aumentarlas… ¡Te diré por qué!:
　　　　　　　por el honor de Portugal… Jamás uno
　　　　　　　de sus reyes deberá morir ahorcado.
　　　　　　　Nos encontramos en Valladolid, a me-
　　　　　　　nos de una jornada de la Corte, don Fe-
　　　　　　　lipe tiene ojos y oídos en todas partes, y
　　　　　　　si me atrapa me ahorcarán sin molestar-
　　　　　　　se en averiguar si soy o no un impostor.

FERREIRA:　　*(agresivo)* ¡Nunca se atrevería! ¡A su so-
　　　　　　　brino, no!

ESPINOSA:　　¡Se atrevería…! Yo habría hecho lo mis-
　　　　　　　mo si alguien hubiese intentado arreba-
　　　　　　　tarme el trono de Portugal… Por eso
　　　　　　　pretendo que, en el peor de los casos,
　　　　　　　esa esperanza anide en el fondo de vues-

tros corazones: no fue un rey de Portugal el que murió en la horca; fue un aventurero, un tal Gabriel de Espinosa; un embaucador sin escrúpulos que pretendió aprovecharse de la credulidad de un pueblo... ¡Escuchadme bien porque ésta es mi primera orden! Haced que don Sebastián suba al trono, o dejad que acabe para siempre en Alcazarquivir... Y al fin y al cabo, ¿por qué no podría ser en verdad un impostor...? Tengo la cabeza clara, un diabólico parecido con el rey, y una ambición sin límites. He tenido dieciséis largos años para estudiar mi papel, y hablo portugués como vosotros, árabe como un beduino, e italiano como el mismísimo Santo Padre...

(se apodera del puñado de libros, y papeles que se encuentran sobre la mesa, y los alza mostrándolos, para dejarlos caer luego desparramándolos. Bruscamente su actitud ha cambiado y ante la atónita mirada de los tres caballeros portugueses, se muestra como el rufián de baja estofa que a menudo es capaz de ser)

ESPINOSA: He estudiado, guerreado, saqueado y violado... Nada me detuvo nunca, ya que fui soldado, marino, ladrón y... ¡sorprendeos!, comediante... En cierta ocasión el propio don Sebastián me pagó para que me hiciera pasar por él, y nadie, ni siquiera su propio tío, descubrió la superchería... Don Sebastián era un mu-

chacho divertido y algo loco, al que le
encantaban mis versos de titiritero:

Hermosas y principales damas, escuchad
Caballeros y burgueses, prestad atención
Soldados y villanos, guardad silencio…
Cabalgaba Lanzarote tan apuesto en su
    rocín,
e iba en busca de una dama, de quien era
    paladín.
Rey tudesco le retara a sus espadas cru-
    zar,
y allí mismo le matara sin dejarle con-
    fesar…

*(hace un amplio gesto con la mano como si aquello
careciese en absoluto de importancia, y ríe de nuevo,
groseramente, ante el asombro de sus interlocutores
que aparecen más desconcertados que nunca)*

ESPINOSA: En verdad que los versos eran pésimos
              y se ganaba poco con semejante oficio,
              pero aprendí a fingir y ahora me atrevo
              a hacer sin temor un lucido papel real…
              Coimbra… Ferreira… ¡Arrodillaos…!
              ¿No habéis oído…? Arrodillaos y ren-
              did pleitesía a vuestro rey, Sebastián de
              Portugal el Deseado, el que murió cien
              veces y otras tantas resucitó. También
              vos, Fray Miguel… ¡Arrodillaos! ¡¡Os
              lo ordeno!!

*(únicamente FRAY MIGUEL obedece puesto que los
caballeros portugueses han quedado realmente es-
pantados, incapaces de reaccionar, hasta que por fin*

COIMBRA echa mano a su espada y comienza a des-
envainarla decidido a lavar con sangre allí mismo
tan inconcebible afrenta. Como por arte de magia,
con esa aparentemente diabólica capacidad de fin-
gimiento de que constantemente hace gala, la expre-
sión de ESPINOSA cambia, y de nuevo vuelve a ser el
hombre pausado, altivo y noble que los domina a
todos)

ESPINOSA: ¡Basta ya…! Conteneos, Coimbra, y
             perdonadme… Perdonadme y compren-
             ded: si un día mi tío me manda ahorcar,
             a vuestra memoria acudirá esta escena, y
             no tendréis más que decir: «Un impos-
             tor menos en el Imperio de Felipe, mi
             señor…»

COIMBRA: *(conmovido)* ¡Eso nunca, señor! Eso
             nunca.

ESPINOSA: ¡Todo es posible! Recordad que un
             apóstol negó a Jesús tan sólo por conser-
             var la vida: de igual modo debéis negar-
             me por conservar el honor de Portugal.

COIMBRA: Lucharemos por vos hasta la muerte.

ESPINOSA: No, si caigo en manos de don Felipe…

COIMBRA: ¡Siempre!

ESPINOSA: ¿Te ha hecho el tiempo olvidar lo buen
             vasallo que eras? Jamás osaste discutir
             un mandato de tu rey… Ni siquiera
             aquella lluviosa noche en Cintra, cuan-

— 152 —

do te envié a buscar más vino y tu mejor caballo se rompió una pata... ¿Lo recuerdas? ¿Cómo podía ser tan estúpido en aquel tiempo? ¿Y cómo lo soportabais? *(agita la cabeza en un gesto de duda e incredulidad)* Y ahora estoy otra vez aquí, empujando a nuevas locuras. Por eso os propongo un trato: o ganáis un rey, o perdéis un truhán... Y dejemos ya ese punto: aún hay mucho de que hablar porque el empeño es arduo.

FERREIRA: Concedednos un mes, señor, y en ese tiempo cada portugués se habrá convertido en un soldado.

ESPINOSA: No tan aprisa, amigo mío. Necesitamos toda la ayuda posible y muchas de las naciones dispuestas a apoyarme aún se muestran reticentes... Sin embargo, confío en que sus recelos quedarán a un lado en cuanto tengan conocimiento de que doña Ana de Austria compartirá mi trono.

FERREIRA: *(asombrado)* ¿Doña Ana de Austria...? ¿La hija de don Juan, el héroe de la batalla de Lepanto?

ESPINOSA: La misma.

FERREIRA: ¡Pero es bastarda...!

ESPINOSA: Al igual que su padre, lo cual no le impidió convertirse en el hombre más admirado de su tiempo y el mejor general que tuvo nunca España.

COIMBRA: *(apesadumbrado)* Gran parte de la nobleza portuguesa no verá con buenos ojos que una bastarda, hija de bastardo, ocupe el trono. Y además, tenía entendido que era monja.

ESPINOSA: Y lo es… Pero por razón de Estado, y dada la importancia del empeño, el Papa se muestra dispuesto a dispensarla de sus votos. Y recordad que es nieta en línea directa del emperador Carlos. *(sonríe)* Aun así, ése es un punto que todavía no está decidido. De momento, necesitamos su ayuda. El día de mañana, ya se decidirá.

FERREIRA: ¿Está aún doña Ana en edad de darle un heredero al trono?

ESPINOSA: ¡Desde luego…! Pero ése no es un tema que deba preocuparos: el trono ya tiene heredero…

(se diría que a COIMBRA cada vez le cuesta más trabajo salir del cúmulo de sorpresas que se van sucediendo con prodigiosa rapidez)

COIMBRA: ¿Un heredero?

ESPINOSA: *(sonriendo)* Mejor dicho, una preciosa heredera, puesto que mi hija, Clara Eugenia, tiene ya cuatro años y goza de excelente salud aunque en estos momentos se encuentre ligeramente resfriada…

(tira repetidas veces del cordón, dentro resuena insistentemente la campanilla, y a los pocos instantes una de las puertas se abre para dar entrada a DOÑA MARÍA DE SOUZA, una bellísima dama de poco más de treinta años, seguida de DON PEDRO, un caballero de porte distinguido y leve acento extranjero que se comporta con gran discreción y un inquietante aire de misterio. ESPINOSA avanza hacia ellos, y tomando a DOÑA MARÍA de la mano la hace avanzar hasta los caballeros portugueses)

ESPINOSA: Permitidme que os presente a doña María de Souza, aya de mi hija y persona de mi total confianza, y a don Pedro, gran amigo y consejero, cuya verdadera identidad no puedo revelar por el momento. Sabed que cuanto haga o diga cualquiera de ellos, es como si lo hubiera dicho o hecho yo, y sus órdenes serán mis órdenes.

(COIMBRA y FERREIRA se inclinan ceremoniosamente, aunque no sin cierta frialdad hacia DON PEDRO, como si se sintieran celosos de que se encuentre más cerca de su rey que ellos mismos. Éste parece advertirlo y sonríe levemente intentando congraciarse con ellos)

DON PEDRO: Mi mayor deseo sería darme a conocer, y día llegará en que lo haga, pero la delicada posición de mi Gobierno en este caso me lo impide.

FERREIRA: ¡Por favor! Las órdenes de nuestro rey son sagradas.

(ESPINOSA interviene pasando afectuosamente el brazo por los hombros de FERREIRA, que se siente feliz por ello)

ESPINOSA: No es mi deseo que lo consideréis una orden, sino un ruego motivado por el hecho de que, dada su jerarquía, cualquier indiscreción acarrearía terribles consecuencias…

FERREIRA: ¡No es necesario decir más, Majestad…! Pero nos habéis hablado de una heredera al trono. ¡Nos agradaría tanto conocerla…!

(ESPINOSA sonríe comprensivo y se vuelve a DOÑA MARÍA)

ESPINOSA: ¡Señora…! ¿Podríais acompañarlos a la recámara de la princesa antes de que se acueste…?

DOÑA MARÍA: ¡Desde luego! ¡Por favor caballeros…!

(salen los tres por la puerta que da al interior de la casa, y durante unos breves instantes ESPINOSA, DON PEDRO y FRAY MIGUEL guardan silencio, como si aguardasen a que se hubiesen alejado lo suficiente como para no poder ser oídos)

DON PEDRO: ¿Y bien?

ESPINOSA: ¿Qué puedo deciros…? Creo que están convencidos, pero continúa horrorizándome la responsabilidad de provocar una guerra con toda la sangre que eso derramará sobre mi cabeza.

FRAY MIGUEL: Será una guerra justa. La mano de Dios os puso en el trono y debéis regresar a él.

ESPINOSA: ¡No mezcléis a Dios en esto, Fray Miguel…! Tal vez fuera Él quien arrojara a don Sebastián a aquella absurda batalla para que pereciese con todo su ejército.

FRAY MIGUEL: *(rápido y casi frenético)* ¡Don Sebastián no ha muerto…!

ESPINOSA: *(desdeñoso)* ¿Cómo podéis estar tan seguro? El fanatismo os nubla la razón, y si yo renunciase a esta empresa continuaría buscando a don Sebastián por todos los rincones de la Tierra.

FRAY MIGUEL: Es que en mis sueños veo con toda claridad el momento glorioso del regreso.

ESPINOSA: También soñasteis con la coronación de mi anciano tío, el prior de Crato, y mucho intrigasteis a su favor hasta la hora de su muerte… Quien, como vos, está consagrado a Dios no debería ocuparse tanto de asuntos terrenales.

FRAY MIGUEL: Todos tenemos debilidades humanas, y

la mía es devolver el trono a sus legíti-
mos dueños…

*(ESPINOSA está a punto de replicar agriamente, pero
DON PEDRO interviene conciliador:)*

DON PEDRO:　　¡Basta…! No es hora de rencillas sino
　　　　　　　　de estar más unidos que nunca. Dejad-
　　　　　　　　nos solos un momento, Fray Miguel, os
　　　　　　　　lo ruego…

*(el otro asiente en silencio y se retira discretamente
con su eterno aire de cuervo misterioso; de intrigador
nato casi incapaz de ocultar bajo sus negros hábitos
sus retorcidas intenciones. Cuando desaparece, cerrando silenciosamente la puerta a sus espaldas, DON
PEDRO se vuelve a ESPINOSA con cierto aire de re-
convención:)*

DON PEDRO:　　Deberías ser más paciente con él. Y más
　　　　　　　　prudente. Tu posición es muy delicada, y
　　　　　　　　si no aprendes a ser diplomático con quie-
　　　　　　　　nes confían en ti, no llegarás muy lejos.

ESPINOSA:　　Lo sé, pero ese hombre me exaspera. Es
　　　　　　　　como un buitre al acecho, siempre dis-
　　　　　　　　puesto a alimentarse de carroña. Y me
　　　　　　　　espanta la idea de causar más muertes.
　　　　　　　　Te juro que no temo por mi vida, sino
　　　　　　　　por la de aquellos que puedan perderla
　　　　　　　　por seguirme. ¿Qué nuevo castigo me
　　　　　　　　impondrán los cielos por el hecho de
　　　　　　　　lanzarme a esta loca aventura?

DON PEDRO:　　Supongo que ninguno, dado que si realmente eres el rey don Sebastián, tus derechos son, en verdad, incontestables.

ESPINOSA: ¿Y si no lo fuera...? ¿Qué harías si de pronto descubrieras que soy un impostor: un auténtico pastelero enloquecido por la ambición?

DON PEDRO: No lo sé... Supongo que en ese caso tan sólo podría sentir compasión por ti. Y te impediría seguir adelante. Te aprecio demasiado como para aceptar que te suicides.

(ESPINOSA se detiene frente a él y le coloca la mano sobre el hombro con gesto profundamente amistoso)

ESPINOSA: Me consta que me aprecias, Pedro... Y yo también a ti. ¡Eso es lo más duro!: vivir con un secreto que tan sólo a mí me pertenece. Sé que me aliviaría revelártelo, pero no puedo hacerlo. *(se deja caer con aire de suprema fatiga sobre un sillón y alza el desolado rostro hacia su amigo)* ¿Es justo sentir remordimientos por algo que aún no hemos hecho?

DON PEDRO: Supongo que sí; y que deben ser los peores, ya que ni siquiera nos queda el consuelo de arrepentirnos.

ESPINOSA: A menudo me pregunto si no sería preferible que don Sebastián continuara siendo una hermosa leyenda... Se evitarían muchas desgracias y mucho dolor... Te ruego que te lleves lejos de aquí a doña María y a la niña: que jamás sufran por lo que me pueda ocurrir. Volveré a verlas en Lisboa, o no volveré a verlas nunca.

DON PEDRO: *(asintiendo)* Las pondré a salvo hasta que todo haya concluido.

ESPINOSA: *(ausente)* ¡Hasta que todo haya concluido...! Cada noche me asalta una extraña pesadilla; es como una obsesión que me obliga a despertarme dando gritos: veo mi propia sombra oscilando sobre un empedrado de negras losas, lejos de mi cuerpo... ¿Alguna vez te has detenido a pensar en cómo verá un ahorcado su propia sombra en el momento de morir? La verá así: flotando en la nada.

DON PEDRO: ¡No continúes atorméntandote...! ¡Abandónalo todo! Aún estás a tiempo... ¡Vámonos lejos de España y de los dominios de Felipe...! Deja que don Sebastián siga siendo esa hermosa leyenda y olvídate del trono.

(ESPINOSA tarda en responder: se hunde en sus amargas reflexiones como si se encontrara —y en realidad lo está— completamente solo en este mundo, y por último agita la cabeza negativamente)

ESPINOSA: ¡No puedo! Nada desearía tanto como marcharme a vivir en paz hasta morir de viejo en una cama, pero los tronos, al igual que la mujer a la que en verdad amamos, nunca se olvidan. Siempre le anduve huyendo a mi destino, pero ahora sé que está aquí; en esta ciudad y entre estos muros y aquí le aguardaré por mucho que me espante.

DON PEDRO: Morir ahorcado no es destino para nadie, y menos aún para un rey. Sabes que mi Gobierno me impone la obligación de desestabilizar en lo posible el trono de Felipe, pero si esa desestabilización pasa sobre tu cadáver preferiría regresar a casa definitivamente.

ESPINOSA: ¿Aun a costa de traicionar a tu país?

DON PEDRO: Ningún país que exija la vida de un amigo, sin encontrarse en época de guerra, merece fidelidad. Y tú eres, ante todo, mi amigo.

(ESPINOSA va a decir algo, pero en ese momento se oyen discretos golpes en la puerta y hace su entrada DOÑA MARÍA DE SOUZA)

DOÑA MARÍA: Perdonad la interrupción, pero quisiera saber si esos dos caballeros dormirán aquí.

(los dos hombres se consultan con la mirada, y por fin DON PEDRO niega con un gesto)

DON PEDRO: No lo estimo conveniente. Cuanto más tiempo se queden, más peligro corremos, y a mi modo de ver ya han cumplido su misión.

ESPINOSA: ¿Estás seguro de que no abrigan ninguna duda? *(ante el mudo gesto de asentimiento, se vuelve a DOÑA MARÍA)* ¿Qué opinas tú?

DOÑA MARÍA: Nunca he visto a nadie tan convencido de algo. Sobre todo el más joven. Se diría que de pronto el mundo se les ha vuelto pequeño.

(ESPINOSA agita la cabeza con gesto de profunda incredulidad, y se diría que a él mismo le cuesta trabajo aceptar semejante realidad)

ESPINOSA: ¡Qué extraño puede llegar a ser el corazón humano! Cientos de gobernantes han dedicado gran parte de su vida a obtener el amor de sus súbditos sin conseguir más que su odio o su desprecio, y un muchachito estúpido e inepto, caprichoso y desconsiderado, débil y casi afeminado, consigue sin esforzarse que le adoren… ¿Sabíais por fortuna que en un tiempo incluso se dudó de la auténtica virilidad de don Sebastián? Odiaba a las mujeres.

DOÑA MARÍA: Eso no es cierto. Jamás las odió. Las despreciaba porque no había tratado más que con prostitutas o busconas de los favores del rey, no del amor del hombre. *(sonriendo)* En cuanto a su virilidad, nadie mejor que yo puede dar fe de hasta qué extremos llega a menudo.

ESPINOSA: *(burlón)* Ignoraba que hubierais estado alguna vez en la Corte de Lisboa... Y seríais entonces apenas una adolescente sin experiencia alguna.

DOÑA MARÍA: ¡Tonto...! *(a DON PEDRO)* Vos sí os quedáis a dormir, ¿verdad?

DON PEDRO: ¡Desde luego! Mañana tendremos que partir muy temprano. El viaje es largo.

DOÑA MARÍA: *(alarmada)* ¿Viaje? ¿Qué viaje?

(ESPINOSA se aproxima a ella, le toma la mano y le besa en la palma con gesto de profundo amor)

ESPINOSA: Don Pedro me ha ofrecido poneros a salvo en su país hasta que todo pase.

DOÑA MARÍA: *(decidida)* ¡Eso nunca! ¡¡Nunca!! Estaré a tu lado y compartiré tu suerte cualquiera que ésta sea.

ESPINOSA: *(negando)* Con la niña y tú aquí, no daré un solo paso. Se avecinan momentos muy difíciles y necesito sentirme absolutamente libre.

DOÑA MARÍA: Una mujer debe estar con su hombre en todo momento.

ESPINOSA: *(seco)* Ésta no es una petición de hom-

bre a mujer, sino una orden de rey a vasallo. ¡Te irás!

DOÑA MARÍA: *(suplicante)* ¡Por favor!

ESPINOSA: Ni una palabra más. Si me obligan a tomar las riendas de un imperio, bueno
será que empiece tomando las de mi
propia casa.

DOÑA MARÍA: Me moriré si me apartas ahora de ti.
¿Cómo imaginas que podré soportar la
incertidumbre de encontrarme lejos y
no saber lo que te ocurre en cada instante…? ¿Quién cuidará de ti?

ESPINOSA: *(besándole dulcemente el cabello)* Si es
cierto que estoy llamado a cuidar de
todo un pueblo, hora es ya de que
aprenda a cuidar de mí mismo.

DOÑA MARÍA: ¡Nunca has sabido hacerlo!

ESPINOSA: ¡Aprenderé! Todo puede aprenderse en
este mundo. Desde ser rey habiendo
nacido pastelero, hasta ser pastelero habiendo nacido rey. Es cuestión de voluntad… Y circunstancias.

OSCURO

ESCENA SEGUNDA

El mismo lugar. Todo está en penumbras excepto la mesa tras la cual ESPINOSA *escribe y que aparece iluminada por un pesado candelabro de plata. De tanto en tanto se interrumpe y alza el pensativo rostro cuya expresión denota a las claras que se encuentra profundamente preocupado. Fuera resuena, en el silencio de la calle, el inconfundible rumor de un carruaje que avanza hasta detenerse ante la puerta seguido por el metálico golpear de la aldaba. La negra y siempre inquietante figura de* FRAY MIGUEL *cruza la estancia llegando del interior de la casa como una sombra casi impalpable. Se escuchaban unos susurros que obligan a* ESPINOSA *a mirar hacia allá con un cierto aire de fastidio. De nuevo* FRAY MIGUEL *atraviesa el salón y desaparece por donde vino, cerrando a sus espaldas la puerta que conduce al interior de la casa. Sin embargo, resulta evidente que alguien más ha quedado junto a la salida; alguien cubierto de pies a cabeza con una oscura capa, y que al fin se decide a avanzar hasta penetrar apenas en el círculo de luz.*

FIGURA: ¡Majestad...!

*(*ESPINOSA *presta atención no sin una cierta extrañeza por el tratamiento, y su expresión se trueca en*

verdadera sorpresa cuando la FIGURA *se despoja de
la capucha permitiendo descubrir que se trata de una
altiva dama que no puede ocultar una cierta belleza
algo descuidada y a la que no favorece en absoluto el
severo hábito de monja)*

ESPINOSA: *(desconcertado)* ¡Doña Ana...! ¿Cómo
vos en Valladolid, y a estas horas de la
noche? ¿Os dais cuenta de la terrible
imprudencia que eso significa?

DOÑA ANA: Me doy cuenta, Majestad, pero necesitaba veros.

*(ESPINOSA, que se ha puesto en pie, rodea la mesa
acudiendo a tenderle las manos, pero ella se apresura
a arrodillarse intentando besarle el anillo)*

DOÑA ANA: ¡Mi señor...! ¡Mi señor...!

ESPINOSA: ¡Por Dios, doña Ana...! Levantaos...
(la obliga a tomar asiento) ¿A qué se
debe semejante locura...?

*(ella se limita a ofrecerle una bolsa de piel que oculta
bajo la capa, y que ESPINOSA toma no sin cierta
extrañeza)*

DOÑA ANA: Me urgía entregároslo. Es todo lo que
tengo en este mundo: las joyas que me
ha ido regalando mi tío, el rey. Deseo
que empleéis en favor de vuestra causa
y en contra de esa bestia que el mismo
día en que me enviaba ese medallón con
su retrato, mandaba asesinar a mi padre.

*(ESPINOSA, que ha quedado realmente impresiona-
do por el incalculable valor de las joyas que ha descubierto al abrir la bolsa, se impresiona aún más por
el rencor sin límites que parece anidar en el corazón
de la mujer)*

ESPINOSA: ¡Señora…! ¿Cómo dais pie a semejante
            acusación…? ¡Tan sólo son rumores…!

DOÑA ANA: ¡No! ¡Vos lo sabéis! No son rumores.
            Encarceló, torturó e hizo matar a su
            propio hijo, y ahora me consta que
            mandó envenenar a mi padre.

ESPINOSA: Pero ¿por qué? ¿Qué razones podría te-
            ner don Felipe para envenenar al mejor
            de sus generales; aquel en quien más
            podía confiar, y el más valiente y noble
            hermano que ningún rey haya tenido
            nunca…?

DOÑA ANA: ¡Por eso mismo…! Porque para todos
            don Juan de Austria era espejo de no-
            bleza y valentía, y él siempre lo fue de
            cobardía y bajeza. Porque mi padre era
            la luz que idolatraban sus soldados, y él
            las tinieblas que aborrece su pueblo.
            Porque un rey odiado no puede sopor-
            tar que le haga sombra un general ama-
            do. Porque mi padre estaba sano y
            siempre se reía, y él padece la enferme-
            dad más infamante mientras el peso de
            sus crímenes le impide ni tan siquiera
            sonreír. *(remarcando mucho las pala-
            bras)* ¡Por envidia…!

| ESPINOSA: | ¿Envidia el monarca más poderoso que jamás haya existido y de quien se dice que en sus dominios nunca se pone el sol? |

| DOÑA ANA: | Más suele envidiar el poderoso que el humilde, al igual que más generoso suele ser el pobre que el rico. *(rencorosa)* ¡Destruidle! Arrebatadle la Corona de Portugal, que es su más preciada joya, y tened por seguro que eso acabará por llevarle a la tumba. Está ya casi putrefacto y sus cortesanos ni siquiera se atreven a penetrar en sus estancias porque el hedor que produce obliga a vomitar. |

| ESPINOSA: | ¡Pobre hombre...! ¡Qué terriblemente desgraciado debe sentirse sabiéndose dueño del mundo y esclavo de sí mismo! Dicen que su celda es más austera y fría que la de un monje de clausura, y que pasa allí meses a solas con su pestilencia y su dolor. ¿De qué le vale en ese caso su poder? |

| DOÑA ANA: | De todo. Conociéndole como le conozco desde niña, sé que le compensa. No cedería ni una brizna de ese poder a cambio de la salud, el amor, o la alegría de vivir. Aun tan odiado e infeliz como se sabe, el hecho de disponer a su libre albedrío de millones de vidas, le permite sentirse un semidiós, y con eso le basta. Es la mentalidad del auténtico tirano. |

ESPINOSA:	Puedo entenderlo mejor que nadie… También yo sé lo que siente un tirano que envía a inocentes a la muerte. Y cuanto más lucho por recobrar ese poder, más miedo siento de volver a alcanzarlo.
DOÑA ANA:	Vos nunca fuisteis un tirano. Jamás existió un rey que supiera darle tanto amor y tantas libertades a su pueblo.
ESPINOSA:	Ni tanto sufrimiento… Felipe, con toda su crueldad y su desprecio por sus súbditos, probablemente nunca causó tanto dolor ni derramó tanta sangre inocente como la que derrochó don Sebastián aquel cuatro de agosto en Alcazarquivir. *(le devuelve la bolsa de joyas)* ¡Tomad! No puedo aceptarlas, y lo mejor sería que todos recobráramos el juicio abandonando esta absurda empresa.
DOÑA ANA:	¡Eso nunca…! Ya nada en este mundo me obligará a volver atrás.
ESPINOSA:	¡Pensadlo bien, doña Ana! Tenéis una vida tranquila y el respeto de todos. ¿Qué os impulsa a lanzaros a esta loca aventura condenada de antemano al fracaso? Estáis exponiendo vuestra seguridad, vuestro honor y vuestras joyas en una absurda empresa sin esperanza alguna. ¡Volveos atrás, por Dios! ¡Olvidadme para siempre!

DOÑA ANA: *(firme)* ¡No! Seguiré adelante pase lo que pase, porque no son sólo mis joyas lo que he vendido esta noche a entregaros, sino también mi cuerpo, mi alma y todo cuanto soy y pueda ser en un futuro… *(extiende las manos y aferra, con fuerza, las de él, que queda realmente sorprendido por la pasión de sus palabras)* No he sido nunca más que una pobre criatura encerrada contra su voluntad en un lúgubre convento, obligada a demostrar una fe que no siente, sólo porque una hiena me juzga indigna de vivir como una mujer ya que nací bastarda. Pero yo me siento mujer, con todos sus deseos e ilusiones, y ahora soy, sobre todo, señor, una mujer profundamente enamorada.

(mientras habla se ha puesto en pie desabrochándose el hábito, que deja caer a sus pies quedando totalmente desnuda)

DOÑA ANA: No permitáis, mi amor, que salga de aquí tal como vine, y que mis noches continúen siendo noches de frustración y anhelo. Quiero al fin convertirme en una auténtica hembra en vuestros brazos; saber qué es lo que sienten aquellas que no fueron tan injustamente condenadas como yo sin ser oídas; vivir aunque sea por una sola vez lo que hasta la última y más miserable campesina vive a diario; sentir lo que mi piel desea sentir y jamás siente, y apagar por un breve momento el fuego que abrasa mis entrañas… ¡Os lo suplico, señor, rey, Dios: hacedme esa merced: completad esta obra; convertidme en mujer de una vez para siempre!

OSCURO

ESCENA TERCERA

Un foco incide sobre el SECRETARIO, un hombre alto y ascético que sostiene en la mano una carpeta de piel, y que se encuentra respetuosamente en pie frente al inmenso sillón colocado sobre un pequeño pedestal en el que se sienta DON FELIPE, del que tan sólo se distinguen con claridad su vendada pierna apoyada en un taburete, y parte de su magro cuerpo, vestido de riguroso luto. Los rasgos, que apenas se perciben, no tienen importancia, porque lo que en verdad destaca de DON FELIPE es su voz; una voz ronca y profundamente cansada, pero que denota una firmeza de carácter y un autoritarismo que apabulla a su interlocutor.

DON FELIPE: ¿Y bien…? ¿Cuáles son esas terribles nuevas…?

SECRETARIO: Sedición, Majestad.

DON FELIPE: ¿Otra vez? ¿A quién acusáis ahora?

SECRETARIO: Aun no lo sé con certeza, Majestad, pero corren insistentes rumores de que vuestro sobrino, don Sebastián, vive y está dispuesto a reclamar el trono, por lo que Portugal comienza a agitarse.

DON FELIPE: *(hastiado)* ¿Hasta cuándo tendremos que soportar los estúpidos sueños de los «sebastianistas»…? Pasarán mil años y aún habrá quien pretenda resucitarle.

SECRETARIO: Debemos admitir que Portugal continúa suspirando por su propio rey, sus propias leyes y su propia capital.

DON FELIPE: Yo soy su rey, mi ley es su única ley, y dondequiera que me encuentre se encontrará su capital… Y al que lo ponga en duda lo ahorco. ¿Alguna pista sobre quién anda involucrado esta vez en la conjura?

SECRETARIO: Ninguna, Majestad, pero nuestros espías andan tras el impostor y sospechan que puede encontrarse aquí mismo: en Castilla… *(extrae de su cartera un documento y lo examina brevemente)* Existen dos hombres cuyo parecido físico con el difunto don Sebastián fue siempre realmente notable: el primero es un aventurero que participó en la batalla de Alcazarquivir y del que se asegura que vuestro sobrino utilizaba como «doble» durante los desfiles y ceremonias farragosas.

DON FELIPE: *(lanzando un leve gruñido)* Le conozco… Me divertí mucho el día en que

averigüé que don Sebastián me lo enviaba tratando de burlarme, y permití que
cenara a solas con mi propio doble
mientras los observaba tras una celosía:
¡Qué dos ridículos payasos jugando a
reyes…! ¿Qué fue de él?

SECRETARIO: Le apresamos en Nápoles pero logró escapar unos días antes de su ejecución,
para reaparecer en París donde ejerció
de pastelero, y donde «sebastianistas» y
herejes le ayudaron… Su rastro se per-
dió hace tres años.

DON FELIPE: ¿Por qué…?

SECRETARIO: Desapareció con su mujer y una hija recién nacida.

DON FELIPE: (insistente) ¿Por qué…? Si yo había
dado órdenes de que se le ejecutara en
Nápoles, tendría que estar muerto.
¿Quién es el otro?

SECRETARIO: El primogénito de una rica familia de
Madrid que huyó tras matar en duelo a
un rival por asuntos de faldas. Nunca le
interesó la política; sólo las mujeres.

DON FELIPE: La atracción por la política acostumbra a
ser un buen sustitutivo cuando la natura-
leza reduce la atracción por las mujeres,
pero entonces suele ser demasiado tarde
para aprender algo que hay que estudiar
de muy niño. Me educaron para ser rey

y aun así a menudo la corona me agobia... ¿Cómo puede un advenedizo aspirar a un trono, sin tener la menor idea de los sacrificios que eso exige...? ¿Dónde está ahora?

SECRETARIO: Lo ignoramos.

DON FELIPE: Demasiadas cosas se ignoran en un reino en el que no debería moverse una hoja sin que yo lo supiera. ¿Cómo pretenden que gobierne el mayor de los imperios que han existido si desconozco tantas cosas? Sostengo a costa de infinitos sacrificios la policía mejor pagada del mundo, y de nada me vale. Antes de un mes quiero saber donde se encuentran esos dos hombres... Mejor dicho, los tres.

SECRETARIO: *(horrorizado)* ¿Los tres...? ¿Cuál es el otro, Majestad?

DON FELIPE: El propio don Sebastián. ¿Dónde están sus restos?

SECRETARIO: En la iglesia de Belem, un pueblecito de Portugal.

DON FELIPE: Que los desentierren y paseen sus despojos a todo lo largo y ancho del país, para que esos malditos portugueses se convenzan de que de su amado don Sebastián, no quedan más que huesos y jirones de carne putrefacta.

SECRETARIO: *(alarmado)* Un acto así podría agitar al populacho.

DON FELIPE: Mis tropas saben cómo tratar al populacho, pero está claro que no saben tratar con fantasmas. ¡Haced lo que os digo y dejadme en paz! Me duele la pierna.

OSCURO

ESCENA CUARTA

Todo está en tinieblas, y no se escucha más que murmullos y jadeos. Poco a poco la luz del amanecer se va filtrando por el ventanal, y permite distinguir las confusas figuras de una pareja que hace el amor en el suelo, junto a la chimenea, entrevistos apenas más allá de las patas de la mesa y los sillones. Resulta evidente que la mujer, de espaldas, cabalga al hombre tendido en la alfombra, y que alcanzan juntos, y entre gritos de ella, un orgasmo aparentemente fabuloso. Luego, súbitamente, la mujer se pone en pie de un salto y suelta una divertida carcajada.

LUCÍA: ¡Me encanta follar sobre las alfombras, en los pajares, las carretas y los campos de trigo…! Las camas son para los burgueses aburridos y las esposas mojigatas.

(cubierta tan sólo con una amplia falda agitanada, LUCÍA «LA BRONCA», es una hermosísima golfa de generosos pechos, gestos vulgares, hablar desgarrado y risa provocativa, que se encamina a una pequeña mesa del rincón de donde coge un pedazo de sandía y comienza a devorarlo permitiendo que el jugo le

corra libremente por la barbilla, el cuello y los erguidos pechos)

LUCÍA: ¡Esto es vida…! Comer y joder… Joder y comer… Una cosa provoca la otra.

(ESPINOSA se ha puesto lentamente en pie mientras se abrocha los pantalones. También tiene el torso desnudo y en estos momentos es aparentemente el tipo vulgar que hace su aparición demasiado a menudo)

ESPINOSA: Pues al ritmo que llevas pronto acabarás con todas las sandías de Castilla… Y con todos los hombres.

(la muchacha se abalanza sobre él y le besa el pecho mordiéndole luego la tetilla)

LUCÍA: ¡Tú eres el único hombre de mi vida y lo sabes!

ESPINOSA: Ahora… Y hasta que te canses.

LUCÍA: ¡Eso sí que sí…! El día que me harte, adiós y no me busques.

ESPINOSA: ¿Y si soy yo el que se cansa…?

(por unos instantes la otra se detiene en su tarea de masticar como si acabara de escuchar una herejía, y escupiéndole al rostro unas pepitas de sandía exclama:)

LUCÍA: ¿Cansarte tú de mí…? ¿Me has mirado bien? Yo soy Lucía, «La Bronca», la reina del colmao, y aún no se ha dado el caso de que nadie me deje… Así los tengo llorando bajo mi ventana y lo sabes. ¿Adónde vas?

(ESPINOSA que se encaminaba al interior de la casa, sonríe levemente)

ESPINOSA: A lavarme.

LUCÍA: *(ofendida)* ¿Es que te he ensuciado? ¿Acaso crees que estoy enferma o es que huelo mal…?

ESPINOSA: No. No creo que estés enferma. En cuanto al olor… *(duda)* Bueno… Ya sabes… Cuando bailas demasiado… sudas.

(sale al tiempo que ella le arroja la cáscara de la sandía que rebota contra la puerta)

LUCÍA: El sudor es bueno… Lo manda Dios… Y mi confesor dice que eso de bañarse es cosa de herejes. Atenta contra la moral y las buenas costumbres y provoca la lujuria… *(se huele el sobaco y grita hacia adentro)* ¡Y a mí me gusta…!

(le responde una lejana carcajada que le pone de mal humor y durante unos instantes permanece como desconcertada)

LUCÍA: *(para sí)* ¡Vete al infierno…! ¡Mierda! Ahora me estoy meando… ¡Tanta sandía y tanto vino…!

(busca alrededor hasta descubrir un jarrón al que despoja de las flores secas que lo adornan, colocándolo en el suelo dispuesta a abrirse de piernas encima, pero al hacerlo su peso le sorprende, por lo que decide voltearlo permitiendo que una bolsa de piel caiga al suelo. La toma, y mientras orina sonoramente en el interior del jarrón, cubierta por la amplia falda, abre la bolsa y estudia su contenido. Inmediatamente suelta un largo silbido de admiración)

LUCÍA: ¡La puta...! ¡Lo que hay aquí...!

(concluida su perentoria necesidad fisiológica se aproxima a la mesa, desparrama el contenido de la bolsa e inmediatamente comienza a ponerse encima collares, pulseras, diademas y anillos hasta convertirse en una especie de muestrario ambulante mientras no cesa de musitar:)

LUCÍA: ¡Joder, qué collar...! ¡Esto es digno de una reina...! ¿De dónde lo habrá sacado este pedazo de cabrón...?

(se va a contemplar a un pequeño espejo que se encuentra junto a la mesita del jarrón, se extasia ella misma ante el aspecto que ofrece, y permanece así, como embobada, hasta que se escucha, dentro, la voz de ESPINOSA que canturrea. Rápidamente lo guarda todo de nuevo en la bolsa, excepto un anillo adornado con un grueso brillante que se resiste a salir del dedo por más esfuerzos que haga)

LUCÍA: ¿Así que quieres quedarte conmigo...? ¡Pues quédate, precioso...!

(lo hace girar colocando la piedra hacia abajo y lue-go deja caer la bolsa en el interior del jarrón, donde chapotea. Hace un gesto de asco, recordando que se ha orinado dentro, pero no tiene tiempo más que de colocar el jarrón en su sitio, encajarle las flores, y co-rrer hacia el punto, junto a la chimenea, donde se encuentran desparramadas sus ropas. Entra ESPINO-SA, que se sorprende al verla)

ESPINOSA: ¿Aún estás aquí…? Creí que te habías marchado…

LUCÍA: *(disimulando su azoramiento)* ¿Así, sin más…? Me prometiste algo…

(él hace memoria, sonríe, y sacando de la faltrique-ra una moneda se la lanza para que la atrape en el aire)

ESPINOSA: ¡Ah, sí…! Unos zapatos nuevos. Pero no te acostumbres… No soy de los que pagan.

LUCÍA: Ni yo de las que cobran. Cuando lo doy, lo doy. *(sonríe)* Pero me encanta que me hagan regalos…

(ha concluido de vestirse y aproximándose le da un ligero beso en la mejilla dispuesta a marcharse)

LUCÍA: ¿Te veré esta noche…?

ESPINOSA: Mañana… Hoy tengo muchas cosas que hacer…

LUCÍA: *(con intención)* ¿Qué cosas…? Hace ya
                  un mes que te conozco y aún no tengo
                  ni la menor idea de a qué te dedicas.

ESPINOSA: ¿Y qué importa eso? Quizás, algún día,
                  te lleves una sorpresa.

*(ella le observa fijamente, se palpa el anillo sin que él
lo advierta, ya que tiene la mano en la espalda, y por
último, sonriendo con marcadísima intención, replica al tiempo que se encamina a la puerta)*

LUCÍA: ¡Quizá…! Pero también es muy posible
                  que te la lleves tú… ¡Adiós…!

*(sale dejándole levemente desconcertado por sus úl-
timas palabras, y tras meditar unos instantes, ESPI-
NOSA agita la cabeza negativamente y tomando
unos documentos de la mesa, se encamina al interior
de la casa llamando:)*

ESPINOSA: ¡Fray Miguel…! ¿Estáis ahí, Fray Mi-
                  guel…? Necesito que le llevéis una car-
                  ta a doña Ana…

OSCURO

ESCENA QUINTA

El mismo salón. Es de noche. DOÑA ANA DE AUSTRIA y FRAY MIGUEL DE LOS SANTOS aparecen arrodillados frente al gran crucifijo, orando en actitud recogida en el momento en que hace su entrada ESPINOSA viniendo de la calle. Se le advierte alegre, quizá demasiado alegre a causa del exceso de alcohol, con el cabello y las ropas revueltas, el equilibrio un tanto incierto, y una sonrisa un poco atontada al tiempo que tararea una cancioncilla.

ESPINOSA: «Cabalgaba Lanzarote tan apuesto en su rocín, e iba en busca de su dama de quien era paladín.» «Rey tudesco le retara a sus espadas cruzar…» *(se interrumpe azorado)* ¡Doña Ana…! ¿Vos aquí otra vez…? ¿Es que os habéis vuelto loca? ¿Sabéis el riesgo en que nos ponéis a todos?

DOÑA ANA: *(dramática)* No mayor que el que corre mi alma.

ESPINOSA: *(desconcertado)* ¿Vuestra alma…? ¿Qué diantres tiene que ver vuestra alma con todo este negocio…?

DOÑA ANA: Está en pecado mortal.

ESPINOSA: ¡Tate…! ¿Y cuál no…? Perdonad, pero
               es que no acabo de entender a qué os
               estáis refiriendo.

(DOÑA ANA, *que ha acudido junto a él para arrodillarse al tiempo que le besa las manos hundiendo el
rostro en ellas con desesperación, replica casi histéri-
camente*)

DOÑA ANA: Me refiero a los remordimientos que me
               devoran, Majestad. Consagrada a Dios
               como estoy, os entregué sin embargo mi
               cuerpo, y ahora ese cuerpo se consume
               por el fuego del deseo, y mi alma por el
               hielo del arrepentimiento.

ESPINOSA: Confesaos… Aquí, Fray Miguel, podría
               ayudaros.

DOÑA ANA: Ya lo he hecho, pero nada de cuanto in-
               tento consigue llevar la paz a mi espíri-
               tu. ¡Es tan terrible mi pecado!

ESPINOSA: *(levemente burlón)* No tan terrible, se-
               ñora… Y sólo fue una vez.

DOÑA ANA: Tres.

ESPINOSA: De acuerdo…: tres, aunque tan seguidas
               que bien pueden considerarse un solo
               pecado. ¿Acaso Fray Miguel no os ha
               absuelto…?

DOÑA ANA: Tan sólo mi conciencia puede hacerlo.
               Y tan sólo existe un medio de acallar-
               la...: desposadme.

ESPINOSA: *(estupefacto)* ¿Cómo habéis dicho...?

DOÑA ANA: He dicho que me desposéis. Casaos
               conmigo y así, al estar unida a vos ante
               Dios y ante los hombres, mi conciencia
               quedará en paz, mi alma se habrá salva-
               do, y mi cuerpo podrá saciarse de vos
               como reclama.

               (profundamente desorientado por la peregrina e in-
               esperada proposición, ESPINOSA lanza una significa-
               tiva mirada a FRAY MIGUEL, que se mantiene respe-
               tuosamente a espaldas de DOÑA ANA, y que se limita
               a encogerse de hombros y abrir las manos como que-
               riendo señalar que la mujer está loca y no hay nada
               que hacer ni forma de convencerla. Por fin, calcu-
               lando a marchas forzadas, ESPINOSA toma las ma-
               nos de DOÑA ANA y la conduce a un sillón acomo-
               dándose frente a ella)

ESPINOSA: Reflexionad serenamente, señora. Has-
               ta que Su Santidad tenga a bien dispen-
               saros de los votos —como me consta
               que está dispuesto a hacer— esa boda
               no se convertirá en sacramento, sino
               más bien en una burla a los mandatos de
               la Iglesia.

DOÑA ANA: *(firme)* Esa Iglesia es en sí misma una
               burla que sigue ciegamente los deseos
               de mi tío. Y esos votos me fueron im-

puestos siendo casi una niña, en contra de mi más firme voluntad. Dios, que todo lo ve, sabe muy bien que nunca deseé procesar. Pero ahora, casarme con vos es cuanto anhelo y la auténtica razón por la que vine al mundo.

ESPINOSA: *(impaciente)* ¡Pero esa boda es imposible…!

DOÑA ANA: ¿Por qué? ¿Acaso me habéis mentido y estáis casado?

(ESPINOSA duda y advierte claramente que se ha metido en un atolladero del que no sabe cómo escapar. Se diría que está a punto de responder afirmativamente, pero FRAY MIGUEL, a espaldas de DOÑA ANA, agita la cabeza negando con firmeza, al tiempo que interviene)

FRAY MIGUEL: ¡No! ¡Desde luego que Su Majestad jamás hizo tal cosa! Lo que ocurre es que al ser menos ducho que nosotros en cuanto se refiere a la Santa Madre Iglesia, no puede entender que existan circunstancias en las que, excepcionalmente, se pueda actuar en contra de las normas establecidas. Si para tranquilizar vuestra conciencia necesitáis contraer matrimonio, yo puedo administrároslo y estoy convencido de que, por razón de Estado, Roma lo aprobará en el momento oportuno.

(ESPINOSA, que no parece capaz de salir de su asombro, contempla estupefacto al sacerdote como si le costara un enorme esfuerzo aceptar la magnitud de su desfachatez)

ESPINOSA: ¿Estáis seguro de lo que decís? ¿No incurrirá doña Ana en un pecado aún mayor que el que cree haber cometido?

FRAY MIGUEL: ¡En absoluto! Y aun en el peor de los casos, yo la absolvería de inmediato por haber renunciado a sus votos, y de ese modo, al estar casada, podría mantener relaciones con vos cuantas veces quisiera.

(no cabe duda de que a ESPINOSA semejante solución se le antoja de lo más rebuscada y arbitraria, pero los imperativos gestos de FRAY MIGUEL, que parece indicar que deje las cosas en sus manos, le obligan a encogerse de hombros como dando a entender que se lava las manos con todo lo que se refiere a semejante tema)

ESPINOSA: ¡Como vos digáis! ¿Qué es lo que tengo que hacer?

FRAY MIGUEL: En primer lugar confesaros, puesto que el matrimonio no es un sacramento que se pueda recibir en pecado… ¿Os importaría dejarnos a solas un momento, Excelencia?

DOÑA ANA: ¡Desde luego…! Estaré en el patio, preparándome para mi nueva condición.

(toma las manos de ESPINOSA y las besa una vez más) Jamás sabréis, mi señor, lo profundamente feliz que me hacéis al aceptarme como esposa.

ESPINOSA: La felicidad y el honor son todos míos, señora. Nada he deseado con más ansias desde el momento mismo en que os conocí.

(DOÑA ANA se encamina a la puerta que da al interior, se vuelve un instante a sonreír por última vez a su amado, y sale. ESPINOSA se aproxima para cerciorarse de que se ha alejado, y mientras atisba hacia afuera, comenta desabridamente:)

ESPINOSA: Si se os ha pasado por la cabeza la idea de que me confiese con vos, debéis estar loco, Fray Miguel. Como hombre de Dios me merecéis menos confianza que un marino borracho.

FRAY MIGUEL: Jamás se me ocurriría, pero necesitaba que nos dejara solos ya que parecéis confundido.

ESPINOSA: ¿Cómo no estarlo cuando os veo tan decidido a llevar a cabo un matrimonio entre una monja y un hombre casado...? Porque sabéis que lo estoy, ¿verdad?

FRAY MIGUEL: ¡Desde luego! Pero vos ignoráis, Majestad, que me encuentro temporalmente suspendido en mis funciones por orden expresa de mi obispo, y por lo tanto, a todos los efectos tal ceremonia será como si nunca se hubiese realizado.

ESPINOSA: *(horrorizado)* ¡Dios del Cielo! ¿Seréis capaz de llevar a efecto semejante engaño a sabiendas?

FRAY MIGUEL: *(firme)* ¿Por el bien de Portugal...? ¡Desde luego! Y os garantizo que el obispo será el primero en felicitarme. Incluso el mismísimo Papa me felicitará, porque Roma sabe que el excesivo poder que estos momentos detenta don Felipe constituye un peligro para la paz mundial y para la perfecta armonía entre la Iglesia y el resto de las naciones. Todo cuanto haga por devolveros al trono de Portugal será a la larga bien mirado, aun cuando en el intento esté poniendo en peligro mi alma inmortal.

(ESPINOSA se encamina al mueble sobre el que descansa el florero, lo abre y extrae una botella de la que se sirve una copa sin molestarse en ofrecerle a su interlocutor, al tiempo que comenta, de espaldas y en tono claramente despectivo:)

ESPINOSA: Me temo que vuestra alma inmortal os importa bastante menos que un puesto de consejero real en la Corte de Lisboa. ¿O no es a eso a lo que aspiráis?

FRAY MIGUEL: *(ladino)* Una vez os encontréis de nuevo en el trono, no me importará regresar al olvido de mi convento. Si vos queréis llamarme a vuestro lado, no dependerá ya de mí.

ESPINOSA: Pero imagináis que me gustará tener cerca, y satisfecho, a alguien que conoce tantos de mis secretos: entre ellos, el de una falsa ceremonia matrimonial con una monja.

FRAY MIGUEL: ¿Me creéis capaz de chantajearos?

ESPINOSA: De vos espero cualquier cosa… *(alza la copa en un mudo brindis)* ¡Por la más extraña alianza que haya existido nunca: un fanático fraile y un rey —o pastelero— liberal…! ¿Qué cara pondréis, Fray Miguel, si al poco de subir al trono descubrís que comienzo a despojar de sus privilegios a la Iglesia y los nobles para otorgárselos al pueblo?

FRAY MIGUEL: Un rey ungido por Dios puede actuar como mejor le plazca, pero en mi opinión estaríais cometiendo un gravísimo error: el poder es un bien tan escaso que debe repartirse entre muy pocas manos. El pueblo es mucho e ignorante, y el poder se le diluye hasta convertirse en nada.

ESPINOSA: ¿Preferís las fórmulas de don Felipe? ¿El autoritarismo a ultranza?

FRAY MIGUEL: Don Felipe sería un magnífico gobernante, si no tuviera tantas cosas que gobernar. Él peca por exceso, y su mayor exceso es Portugal. Al librarle de esa carga estaremos haciéndole en realidad un gran favor, ya que le permitiremos concentrarse en otros graves problemas que ahora mismo reclaman su atención: en especial su lucha con los herejes.

ESPINOSA: Dudo que «mi tío» sepa apreciar tan extraña forma de interesaros por su causa, y confío en que nunca tengáis la oportunidad de exponérsela… Pero lo que ahora importa es volver al problema que nos plantea doña Ana, que por lo que veo, lo único que en realidad desea es alegrarse el cuerpo sin exponer el alma, y garantizar el futuro de su inversión por si se diera el milagro de que me sentara en el trono de Portugal. ¿Estáis decidido a seguir adelante con la farsa?

FRAY MIGUEL: ¡Desde luego!

ESPINOSA: Hacedla venir entonces y casémonos, que si mi destino es morir ahorcado, no será tan sólo por bigamia, y si acabo en el infierno, éste no constituirá sin duda el mayor de mis pecados.

(sale FRAY MIGUEL y ESPINOSA aprovecha para servirse una copa que se echa rápidamente al coleto para recitar nuevamente:)

ESPINOSA: «Cabalgaba Lanzarote tan apuesto en su rocín, e iba en busca de su dama, de quien era paladín...» *(golpea afectuosamente el jarrón que contiene las joyas)* Si tú eres el precio con que nuestra buena monjita paga su tranquilidad de conciencia, caro le resulta, pero no seré yo quien lo discuta...

(guarda la copa y la botella y avanza hasta el centro de la estancia a la espera de la aparición de DOÑA ANA, a la que tiende las manos con exagerado entusiasmo)

ESPINOSA: ¡Mi señora...! Bendito sea este momento en que, descargado de mis culpas, puedo acogeros como dueña de mi corazón y mi destino. ¡Aprisa, Fray Miguel, que ardo de impaciencia...!

(el otro se limita a observarle con sorna, tal vez divertido por su capacidad de fingimiento, y trayendo el reclinatorio al centro de la estancia, indica a DOÑA ANA que se arrodille al tiempo que saca del bolsillo una estola y se la coloca sobre los hombros)

FRAY MIGUEL: «In nomine Patris, et Filii, et Spiritus Sancti...»

(le interrumpen unos violentos golpes en la puerta que da a la calle y todos se vuelven hacia allí profundamente impresionados)

DOÑA ANA: *(con un susurro)* ¡Dios bendito!

ESPINOSA: ¿Quién podrá ser a estas horas...?

(FRAY MIGUEL se limita a llevarse un dedo a los labios ordenando que guarden silencio, y permanecen así, completamente inmóviles, hasta que los golpes se repiten con insistencia y casi autoridad)

VOZ: *(fuera)* ¡Ah de la casa...! ¡Abran a la justicia...!

ESPINOSA: *(alarmado)* ¿La justicia...? ¿Por qué? *(a DOÑA ANA)* ¿Alguien os vio venir?

DOÑA ANA: ¡Nadie! ¡Estoy segura...! Creen que estoy en Segovia.

ESPINOSA: ¡En ese caso marchaos...! ¡Fray Miguel, acompañadla...! Salid por la puerta del patio y cruzad en silencio el jardín vecino mientras yo los distraigo...! ¡Rápido!

(las llamadas se repiten con mayor insistencia)

ESPINOSA: ¡Ya va! ¡Ya va...! ¿A qué viene tanto alboroto?

VOZ: *(fuera)* ¿Vive aquí Gabriel de Espinosa...?

(ESPINOSA hace imperativos gestos a los otros dos para que se vayan, y aunque DOÑA ANA se resiste, FRAY MIGUEL tira prácticamente de ella hasta obligarla a salir casi a rastras. Sólo entonces ESPINOSA se decide a descorrer parsimoniosamente los cerrojos)

| ESPINOSA: | Sí. Aquí vive… ¿A qué viene importunar a estas horas? |

(franquea la puerta para dar paso a DON RODRIGO DE SANTILLANA, alcalde de Casa y Corte de Valladolid, seguido de BERMÚDEZ, que empuja ante él a LUCÍA «LA BRONCA», que aparece maniatada)

| ESPINOSA: | ¿Qué significa esto? |

| SANTILLANA: | ¿Sois vos Gabriel de Espinosa? |

| ESPINOSA: | Lo soy. |

| SANTILLANA: | ¿Conocéis a esta mujer…? |

(ESPINOSA duda, pero comprendiendo al parecer que resulta inútil negarlo, asiente con la cabeza)

| ESPINOSA: | Ligeramente. |

| SANTILLANA: | Afirma que la habéis pedido en matrimonio. |

| ESPINOSA: | *(asombrado)* ¿Yo…? ¡Eso es absurdo! |

| LUCÍA: | *(furiosa)* ¿Absurdo…? ¿Por qué absurdo, maldito hijo de puta? La otra noche me regalaste un anillo y me pediste que me casara contigo… *(llorosa)* ¡Falso…! ¡Canalla! ¡Mal hombre! |

| ESPINOSA: | *(a SANTILLANA)* ¿Anillo…? ¿De qué diablos está hablando…? ¡Yo jamás le he regalado ningún anillo! |

SANTILLANA: *(con naturalidad)* Me lo temía... Además de ladrona, mentirosa... *(extrae de su bolsa un anillo que muestra a ESPINOSA)* Intentaba venderlo y nos extrañó que lo tuviera en su poder dado su extraordinario valor... ¿Es vuestro?

ESPINOSA: *(palideciendo)* No. En absoluto.

LUCÍA: *(furiosa)* ¡Mientes...!

SANTILLANA: ¡Mujer...!

LUCÍA: *(llorosa)* ¡Digo que miente...! Me lo regaló. Tal vez fue él quien lo robó y por eso no quiere reconocerlo. Tiene muchas joyas... ¡Una auténtica fortuna!

(ESPINOSA advierte que las piernas le flaquean y tiene que buscar apoyo en el respaldo de una silla para no caer. Está blanco como el papel y tartamudea anonadado)

ESPINOSA: Pero ¿qué dice...? ¿Qué inventos son ésos? ¿Cómo se atreve a acusarme de ladrón? ¡Esta mujer está loca!

LUCÍA: *(fuera de sí)* ¿Loca? ¿Loca yo...? Yo sólo digo la verdad... *(a SANTILLANA)* ¡Compruébelo, vuecencia! Allí: dentro de aquel jarrón.

(SANTILLANA duda, pero ante la aparente seguridad de la muchacha y el desasosiego de ESPINOSA, hace un leve gesto autoritario a su secretario, BERMÚDEZ,

que se dirige directamente al jarrón quitando las flo-
res secas e introduciendo en él la mano. Al poco ex-
trae la bolsa que viene chorreando, y la deja con ges-
to de profundo disgusto sobre la mesa al tiempo que
arruga la nariz con gesto de repugnancia)

BERMÚDEZ: ¡Mierda!

LUCÍA: Sólo pis. Me oriné dentro.

(BERMÚDEZ abre la bolsa desparramando su conte-
nido sobre la mesa, y no puede evitar lanzar una
exclamación de asombro)

BERMÚDEZ: ¡Cielo Santo! ¡Qué barbaridad! ¿Pero
          qué es esto?

SANTILLANA: *(aproximándose a examinarlas)* Parece
          el rescate de un rey. *(a ESPINOSA)* ¿Qué
          explicación podéis darme…?

(pero el aludido ni siquiera tiene tiempo de buscar
esa explicación, puesto que la puerta que conduce al
interior de la casa se abre y hacen su aparición
DOÑA ANA DE AUSTRIA y FRAY MIGUEL DE LOS
SANTOS seguidos de DOS ALGUACILES fuertemente
armados)

ALGUACIL 2.º: Los sorprendimos mientras trataban de
          escabullirse por el jardín.

TELÓN

ACTO SEGUNDO

El escenario se encuentra idealmente dividido en tres zonas, de las que las dos del fondo son mazmorras sin más luz que un alto ventanuco ni más muebles que un camastro de madera y un taburete. El centro lo ocupa el sobrio despacho de DON RODRIGO DE SANTILLANA, y el practicable sobre el que se alza el enorme sillón de DON FELIPE, aparece en su momento en el mismo lugar que ocupara anteriormente. Al alzarse el telón todo está oscuro. Se escucha el tímido piar de unos pájaros y la primera claridad del alba va penetrando por el ventanuco de la mazmorra de la izquierda, sobre cuyo camastro aparece acurrucada una figura humana. La reja se abre con un chirriar de hierros oxidados, y hace su entrada DON RODRIGO DE SANTILLANA que contempla, entre severo y compasivo, al hombre que duerme.

SANTILLANA: ¡Espinosa…! ¿Podéis oírme Espinosa?

(ESPINOSA se alza lentamente hasta quedar sentado en el camastro alzando el rostro hacia el recién llegado. Su aspecto es francamente patético: sucio, barbudo, y harapiento con un ojo amoratado, sangre coagulada en cada centímetro de su cuerpo y una

*mirada entre perdida y febril que en nada recuerda
la del altivo «rey» o el desvergonzado truhán de
antaño)*

ESPINOSA:　　　Os oigo, Santillana… Oír y pensar son casi las dos únicas cosas que aún me son permitidas. ¿Qué queréis ahora?

SANTILLANA:　　Lo mismo de ayer y de todos los días: nombres.

ESPINOSA:　　　No tengo nombres que daros.

*(SANTILLANA toma asiento en el taburete, frente a
él, y le observa con una mezcla de furia y admiración:)*

SANTILLANA:　　¿Hasta cuando creéis que podréis soportar la tortura? El rey quiere los nombres de vuestros cómplices, y está acostumbrado a obtener lo que desea. ¡Ahorraos sufrimientos!

ESPINOSA:　　　En esta ocasión pienso vencerle. ¿Por qué hacer que me acompañen a la horca quienes tan sólo buscaban el bien de Portugal? Con una víctima es bastante.

SANTILLANA:　　Hacéis mal en sacrificaros de este modo por quienes os han olvidado. No moverán un dedo por vos.

ESPINOSA:　　　Eso espero, y demuestran con ello ser buenos súbditos, puesto que así lo ordené: tenían que ganar un rey o perder un impostor y ya veis que obedecen. ¿Qué pude importarle a Portugal un miserable pastelero de Madrigal de las Altas Torres?

SANTILLANA: En verdad sois un hombre extraño que me intriga. Aún no soy capaz de discernir si sois el auténtico don Sebastián o el más astuto enredador que jamás pisó la Tierra.

ESPINOSA: … Lo cual no evitará que me ahorquéis en cuanto vuestro amo lo ordene… Miserable vasallo antes que juez.

SANTILLANA: *(molesto)* Contened la lengua o no respondo.

ESPINOSA: ¡Nunca, esclavo, nunca! ¡Oh, Dios! Años preparando la gloria del retorno, y entre una monja histérica y una puta ladrona me pierden… ¡Qué triste, Señor, que triste! Ni en mis peores pesadillas imaginé tan amargo destino.

SANTILLANA: Bien hacéis en lamentaros, pues quien aspira a altas empresas no debería mezclarse con gentes de baja calaña.

ESPINOSA: ¿Quién os pide consejo? Limitaros a cumplir vuestro papel de esbirro, ahorcadme y acabemos.

SANTILLANA: No, sin averiguar antes la verdad que mi señor me pide. No busca únicamente el nombre de los traidores: quiere saber a ciencia cierta a quién ahorca.

ESPINOSA: ¿Para qué? Aunque tuviera la certeza de que soy don Sebastián, me ejecutaría. ¡Incluso con mayor placer probablemente…! Pero no pienso darle ese gusto: decidle que tan sólo ha conseguido aplastar a un miserable, a un estúpido embaucador de tres al cuarto, capaz únicamente de engañar a monjas cachondas y frailecillos ambiciosos. *(tarareando a duras penas)* «Cabalgaba Lanzarote tan apuesto en su rocín, e iba en busca de su dama…»

SANTILLANA: *(impaciente)* ¡No empecéis de nuevo con vuestros sucios trucos de comediante barato! ¡Me los conozco todos!

ESPINOSA: *(burlón)* ¿Estáis seguro…? Decidme entonces si le resulta más sencillo al pobre comediante fingirse rey, o al altivo rey comportarse como un triste comediante. En verdad que yo aún no lo sé con certeza y me inclino a pensar que depende un poco de mi estado de ánimo, pues hay días en que me despierto rey, y otros muchos en que apenas alcanzo a sentirme pastelero.

SANTILLANA: ¡Basta Espinosa…! Me cansan vuestros modos. Habláis y habláis hasta convencerme de que no sois más que un charlatán embaucador, para cambiar bruscamente y comportaros como un auténtico príncipe. Yo no soy adivino. No soy más que un simple funcionario de la Corona que intenta cumplir lo mejor posible con su difícil misión de hacer justicia.

ESPINOSA: ¿Justicia…? Hacedme la merced de no pronunciar una palabra que se ensucia en vuestra boca. A vos no os interesa en absoluto la justicia, puesto que no sois más que un esbirro al servicio de don Felipe… ¿Dónde están los testigos que podrían reconocerme? ¿Qué habéis hecho de los documentos que respaldan mis derechos? ¿Por qué me encerráis en una oscura mazmorra sin permitirme exponer en público mis reivindicaciones? ¿Es justicia ocultar, mentir y falsear…?

SANTILLANA: *(incómodo)* Razones de Estado me impiden manejar éste caso como si se tratara de una simple disputa por una propiedad. Está en juego un Imperio: Portugal con todas sus colonias.

ESPINOSA: La razón de Estado debería ser razón de más para exigir transparencia. No es sólo una propiedad, sino el destino de millones de seres lo que está en juego, puesto que la vida de los portugueses tomaría un rumbo muy distinto si los gobernara yo, que respeto sus derechos, que bajo la tiranía de don Felipe, que no admite más derechos que su voluntad.

SANTILLANA: ¿Quién habla así: el pastelero impostor, o el caprichoso rey que arrastró a su país a una guerra estúpida desoyendo todos los consejos y a sabiendas de que conducía a su pueblo a una matanza? ¿Desde cuándo os acucia semejante amor por los derechos de vuestros «vasallos»?

(ESPINOSA tarda en responder; se pone trabajosamente en pie y se aproxima al muro, bajo el ventanuco, para alzar el rostro hacia el minúsculo rectángulo de cielo que apenas se distingue. De espaldas a su interlocutor responde al fin:)

ESPINOSA: ¡Tenéis razón…! ¿Quién soy yo para opinar sobre el destino de los hombres, cuando tan mal uso hice de mi propio destino? ¡Dejadme, por favor! Dejadme y suplicadle a vuestro amo que fije ya la fecha de mi muerte y acabe con la farsa. Al fin y al cabo la muerte tan sólo dura unos instantes, mientras que esta triste agonía se vuelve ya infinita.

OSCURO

ESCENA SEGUNDA

El SECRETARIO se encuentra en pie ante el alto sillón de DON FELIPE, violentamente iluminado por un poderoso foco que deja en penumbras todo lo que no sea su acobardada figura.

DON FELIPE: ¿Ahorcarle? ¿Por qué? No pienso ahorcarle hasta que no confiese quiénes son sus cómplices puesto que lo que en verdad importa es acabar de una vez por todas con los sediciosos. Si esos verdugos no son capaces de obtener la información que deseo, que busquen otros, pero que le mantengan con vida hasta que yo lo ordene. ¿Qué opina Santillana?

SECRETARIO: ¿Sobre qué?

DON FELIPE: Sobre si existe alguna remota posibilidad de que se trate en realidad de mi sobrino...

SECRETARIO: No opina. Y si opina, lo calla. Mi impresión es que se encuentra profundamente desconcertado, o tal vez le asusta su propia responsabilidad ante el hecho de que pudiera estar derramando sangre real.

DON FELIPE: ¿Cómo es?

SECRETARIO: ¿Quién? ¿Santillana...? Un vasallo fiel que cumplirá a ojos cerrados cualquier orden que le deis.

DON FELIPE: ¿Inteligente?

SECRETARIO: El puesto que ocupa como alcalde de Casa y Corte de una ciudad tan importante como Valladolid, así lo exige.

DON FELIPE: Que lo exija el puesto no garantiza que lo sea, y en este caso preferiría un obtuso fiel a un inteligente que pudiera abrigar dudas. ¿Tiene familia?

SECRETARIO: Esposa y tres hijos.

DON FELIPE: «Invitadlos» a Madrid, y ocuparos de que no abandonen la Corte. Me consta que tanto los portugueses, como los franceses o los venecianos estarían dispuestos a comprar la libertad del prisionero. El mundo, ¡todo el mundo!, está en contra mía, y muchos no repararían gastos con tal de hacerme daño y debilitarme. Santillana tendrá que pensárselo antes de decidirse a dar un paso en falso.

SECRETARIO: ¡Su fidelidad no admite dudas…!

DON FELIPE: ¿Quién lo asegura? Mi vida no ha sido
                más que un continuo y doloroso tránsi-
                to de una infidelidad a otra, y si tuviera
                que recordar de cuántas traiciones he
                sido víctima me pasaría la noche —si es
                que aún es de noche— enumerándolas.
                Mi padre, el emperador Carlos, fue el
                más grande de los gobernantes conoci-
                dos gracias al hecho de que le rodeaban
                hombres fieles y abnegados que le ayu-
                daron en su magna labor. Pero éstos son
                otros los tiempos, por desgracia, y gran
                parte de mis esfuerzos se han visto malo-
                grados por el hecho de tener que luchar
                tanto contra el enemigo externo, como
                contra aquellos que me acosan desde
                dentro. Si incluso los de mi propia sangre
                se han vuelto contra mí, ¿cómo no des-
                confiar de un simple alcalde de Casa y
                Corte? ¡Vigiladle! A él y a su familia.
                ¿Qué hay de Fray Miguel de los Santos?

SECRETARIO: Tampoco habla, aunque está en manos
                de la Santa Inquisición. Según parece se
                encuentra ya prácticamente al borde de
                la muerte.

DON FELIPE: ¡Duro es el cura si resiste a la Inquisi-
                ción…! Ejecutadle en cuanto se reciba la
                autorización papal. ¿Y doña Ana?

SECRETARIO: A pan y agua en la más fría mazmorra.
                Su salud se resiente.

DON FELIPE: ¡Por contenta puede darse con que no la ahorque…! ¡Volverse contra mí, su rey, una sucia bastarda que me debe cuanto tiene y cuanto ha sido en esta vida…! ¿Veis cuánto os decía sobre las mil traiciones que me acechan? Que nunca, nunca y bajo ninguna circunstancia, abandone su encierro, ni le sea concedida gracia ni privilegio alguno. En cuanto a Santillana, si cuando todo acabe aún abriga dudas sobre la personalidad del prisionero, ocupaos de él; que no pueda contarle nunca a nadie lo que sabe. Y tened algo muy presente: si me falláis en este asunto, daos por muerto.

OSCURO

ESCENA TERCERA

RODRIGO DE SANTILLANA, más severo y pálido que nunca, ya que se encuentra agobiado por el cúmulo de problemas que han invadido en los últimos tiempos su vida, se sienta tras la austera mesa de su sencillo despacho, teniendo frente a él a DOÑA MARÍA DE SOUZA, que igualmente pálida y envejecida, parece tener muy poco en común con la hermosa mujer del acto primero.

SANTILLANA: He aceptado recibiros porque monseñor D'Agostini, al que tengo en la más alta estima, así me lo ha suplicado, pero quiero advertiros que si vuestra visita se encuentra relacionada con una determinada persona que se encuentra bajo mi custodia, perdéis vuestro tiempo y me hacéis perder el mío.

DOÑA MARÍA: En realidad, señor, la visita está más bien relacionada con vos. ¿Tenéis conciencia de que vuestra familia se encuentra secuestrada en Madrid?

SANTILLANA: ¡Eso es inexacto...! Mi familia se encuentra de visita en Madrid, que no es lo mismo.

DOÑA MARÍA: ¿Desde hace tres meses, sujeta a continua vigilancia y sin posibilidad de visitaros o que la visitéis...? Extraño se me antoja, y cualquiera pensaría que más se han convertido en rehenes que responden con sus vidas de vuestra conducta, que en personas libres sin miedo a injustificadas represalias.

SANTILLANA: Sería todo lo más una cuestión de puntos de vista que en realidad sólo a mí y a los míos concierne.

DOÑA MARÍA: Os equivocáis. Concierne también a aquellos que esperan de vos que hagáis justicia sin sentiros coaccionado.

SANTILLANA: ¡Nadie me coacciona!

DOÑA MARÍA: No es cierto y lo sabéis. El rey exige que obedezcáis sus órdenes sin rechistar, pero ¿sabíais que ha ordenado vuestra muerte dado que os habéis convertido en un testigo comprometedor?

SANTILLANA: *(palideciendo aún más)* ¡Me niego a admitirlo!

DOÑA MARÍA: ¡Pero es cierto! Las paredes de palacio oyen, y se murmura que el rey no desea que alguien que tiene un total conocimiento de cuanto ocurrió entre doña Ana de Austria y don Sebastián de Portugal, que contó con la abierta complicidad del Papa y algunos de los principales soberanos extranjeros, pueda vivir más allá de lo estrictamente necesario.

SANTILLANA: *(nervioso)* ¡Mentís!

DOÑA MARÍA: No miento y lo sabéis. Cientos de personas han sido ejecutadas por mucho menos, y os consta la afición de don Felipe a toda clase de venenos. A partir del momento en que ahorquéis a mi esposo vuestros días estarán contados.

SANTILLANA: *(sorprendido)* ¿Vuestro esposo?

DOÑA MARÍA: *(con naturalidad)* Sí. Mi esposo ante Dios, y el padre de mi hija. Y tenedlo por seguro: vuestro destino está ligado al suyo, porque a los diez días de su muerte recibiréis la visita de un enviado real que probablemente os invitará a brindar por el éxito de la misión que os encomendaron: esa copa marcará vuestro fin.

SANTILLANA: Continúo sin aceptarlo, pero aunque así fuese, es el rey y tiene derecho a hacer con mi vida lo que mejor le plazca.

DOÑA MARÍA: ¿Derecho? ¿Qué derecho? Por encima del derecho que dicte el rey existe un orden natural que señala que castigar a

	alguien por cumplir con lo que se le ordena, está en frontal oposición con toda ley divina. ¡Es injusto!
SANTILLANA:	Nadie habla aquí de justicia, señora. La justicia en el orden natural no existe, porque en la Naturaleza el lobo devora al cordero, el halcón abate a la paloma y el fuerte avasalla al débil. El concepto de justicia es un invento humano adaptado a cada circunstancia, y si esta circunstancia impone que yo muera, moriré porque así lo ordena el rey que es «Ley Viva».
DOÑA MARÍA:	*(asombrada)* ¿«Ley Viva»? ¿Y quién le ha concedido tan alto privilegio?
SANTILLANA:	Dios.
DOÑA MARÍA:	¿Y a don Sebastián, que también nació rey, no le concedió Dios idénticos privilegios? ¿O tan sólo es el rey de España el que los tiene?
SANTILLANA:	*(desabridamente)* Supongo que también los tendría.
DOÑA MARÍA:	¿Y aun así estáis dispuesto a mancharos las manos con la sangre de alguien a quien Dios hizo rey?
SANTILLANA:	No me consta que lo sea.
DOÑA MARÍA:	Pero tampoco que no lo sea. Tenéis dudas, lo sé. ¡Muy serias dudas!

SANTILLANA: Si las tengo o no, tan sólo a mí me atañe. ¡Acabemos con esto de una vez! Yo me limito a cumplir con mi misión: cuando haya obtenido los nombres de los conjurados ahorcaré a vuestro esposo, sea rey coronado o simple pastelero.

DOÑA MARÍA: Nunca os los dará. Alguien que ha sido capaz de guardar tanto tiempo el secreto sobre su propia realeza, sabrá guardarlo sobre quienes depositaron en él su confianza… Aquí hay joyas suficientes como para poner a salvo a vuestra familia y residir en paz en Italia cien años que vivierais. El propio Santo Padre os brindaría protección.

SANTILLANA: ¡Quitad eso de mi vista o llamo a los alguaciles!

(pero DOÑA MARÍA se limita a ponerse lentamente en pie dispuesta a marcharse, mientras SANTILLANA permanece como clavado en su sillón, confuso y derrotado)

DOÑA MARÍA: Sé que no lo haréis. Lo dejo aquí, y tened en cuenta que es el rescate que Portugal ofrece por la vida de su rey. Y otra cosa: yo os juro, por la vida de mi hija, que si permitís que mi esposo viva, saldrá para siempre de los dominios de don Felipe y jamás se volverá a saber de él.

SANTILLANA: No puedo hacerlo.

(DOÑA MARÍA se aleja hacia la única puerta exis-
tente)

DOÑA MARÍA: ¡Pensadlo!

SANTILLANA: Os repito que no puedo hacerlo…
Aunque quisiera, no puedo. Don Felipe
es mi señor, y yo soy tan sólo su vasallo.

(sale DOÑA MARÍA, y SANTILLANA permanece unos
instantes pensativo, con la mirada perdida en el va-
cío. Por último parece reaccionar agitando la cabeza
como si rechazase un mal sueño, y colocando un fajo
de documentos sobre el joyero que continúa sobre la
mesa, hace sonar una pequeña campanilla de plata.
A los pocos instantes la puerta se abre y hace su res-
petuosa entrada su secretario, BERMÚDEZ)

BERMÚDEZ: ¡Diga, Excelencia!

SANTILLANA: Haga venir al reo…

BERMÚDEZ: ¡Al instante, Excelencia…!

(hace ademán de salir pero el otro le detiene con un
gesto)

SANTILLANA: Y prepárese para emprender viaje a El
Escorial y Madrid. Llevará unos despa-
chos al rey y cartas a mi familia.

BERMÚDEZ: Como ordene, Excelencia.

(sale BERMÚDEZ y SANTILLANA, tras unos instantes
de meditación, se pone en pie, recoge el joyero y lo

*guarda en un pequeño canterano que se encuentra a
sus espaldas. Luego se sirve un vaso de agua de una
jarra que está sobre la mesa, bebe un sorbo y queda
inmóvil, profundamente preocupado, hasta que la
puerta se abre de nuevo y un ALGUACIL empuja
dentro a GABRIEL DE ESPINOSA que viene encade-
nado de pies y manos y cuyo aspecto, con el rostro
tumefacto, barba de varios meses y puros harapos
por toda vestimenta, produce en verdad auténtico
espanto)*

SANTILLANA: ¡Dios bendito! ¡En qué os han converti-
              do…! ¡Sentaos…! *(al ALGUACIL).* Es-
              perad fuera.

*(el ALGUACIL ayuda a ESPINOSA a acomodarse, ya
que se diría que le cuesta un tremendo esfuerzo incluso moverse, y a continuación sale respetuosamente cerrando a sus espaldas. SANTILLANA pasea ner-
viosamente de un lado a otro de la estancia con las
manos a la espalda)*

SANTILLANA: ¿Hasta cuándo, Espinosa? ¡Parecéis ya
              un cadáver…! ¡Dadme esos nombres
              —uno al menos— y acabemos!

ESPINOSA: Nunca.

*(el otro se detiene y le observa largamente. Parece
convencerse de que no va a obtener nada en limpio
y, al fin, señala:)*

SANTILLANA: Bien. En ese caso no queda nada que
              añadir. En el amanecer del cuatro de
              agosto seréis ajusticiado.

ESPINOSA: *(sonriendo con amargura)* ¿El cuatro de agosto…? Extraña coincidencia… ¿Sabíais que un cuatro de agosto se libró la batalla de Alcazarquivir? ¿No…? Pues así es, y por lo tanto se dará el caso de que moriré dos veces, el mismo día, con dieciocho años de diferencia. ¿Cuál es la sentencia?

SANTILLANA: Seréis azotado, se os obligará a beber plomo derretido, y por último seréis ahorcado para que cuatro caballos descuarticen vuestros miembros y los arrastren libremente por las calles de Madrigal de las Altas Torres.

ESPINOSA: ¡Vive Dios, qué día tan agitado…!

(SANTILLANA no puede evitar su asombro ante la indiferencia y casi el sentido del humor con que su prisionero acepta su destino)

SANTILLANA: ¡En verdad resultáis increíble, Espinosa! Y en verdad que me duele ajusticiaros, pero ya nada queda por hacer más que prepararos a bien morir.

ESPINOSA: No es ésa mi intención, os lo aseguro. Si tengo que morir, lo haré como un auténtico truhán; como pudiera hacerlo el más desvergonzado de los embaucadores, farsante, deslenguado y mujeriego.

SANTILLANA: ¿Por qué si ya habéis probado sobradamente vuestro valor?

ESPINOSA: En primer lugar por vos, que a pesar de todo sois un hombre honrado, y al que la Historia no deberá acusar de haber ahorcado a un rey. En segundo lugar, por la memoria de don Sebastián, porque más noble resulta caer en el campo de batalla que colgar de una soga. Y por último, por el honor de Portugal, que no debe recordar al más querido de sus monarcas a la sombra del patíbulo…

SANTILLANA: Entiendo… Y creedme si os digo que en estos momentos merecéis más que nunca ser don Sebastián.

ESPINOSA: ¿Vos qué pensáis?

SANTILLANA: Yo, como los monos del cuento, nada veo, nada oigo, nada digo. Y además, nada pienso. El destino me jugó una mala pasada cargando sobre mis hombros un peso excesivo para mis escasas fuerzas, y me siento cansado: muy cansado…

ESPINOSA: ¡Pobre Santillana! En el fondo sois el más desgraciado de toda esta comedia porque al menos yo muero por mis ansias de libertad y la firmeza de mis creencias, mientras que a vos os ejecutarán por vuestra necesidad de sentiros siervo y por la inmensidad de vuestras dudas.

SANTILLANA: ¿También vos creéis que el rey me mandará matar?

ESPINOSA: ¡Oh, vamos, Santillana, no seáis niño! Eso es tan evidente como que estamos aquí...

SANTILLANA: ¿Y por qué habría de matarme? ¿Por saber demasiado? En realidad yo no sé nada, y estoy más a oscuras sobre todo este asunto que aquella maldita noche de triste memoria en que os detuve en Valladolid.

ESPINOSA: ¡Qué absurdo cúmulo de circunstancias adversas tuvieron que producirse para llegar hasta aquí...! ¿Qué fue de la muchacha?

SANTILLANA: ¿Lucía...? Apareció degollada una mañana y jamás consiguieron dar con el culpable.

ESPINOSA: ¡Lógico...! ¿Y Fray Miguel?

SANTILLANA: Lo ahorcarán cualquier día. Probablemente antes que a vos.

ESPINOSA: ¿Ahorcarán también a doña Ana?

SANTILLANA: ¡Lo dudo...! Ella, que es la que más desea la muerte, ha sido condenada a vivir. Será trasladada a Madrigal de las Altas Torres para que pueda asistir, desde su celda, a vuestra ejecución.

ESPINOSA: ¡Hermosa muestra de la refinada forma de vengarse de don Felipe...! ¿Sabéis una cosa…? Ya de niño, cuando mi madre me llevaba a visitarle experimentaba una profunda sensación de asco, y me daba la impresión de una inmensa araña negra, peluda y maloliente. Cuando me besaba, corría de inmediato a lavarme. *(se interrumpe unos instantes y cambia de improviso el tono)* ¡Pero qué estupideces digo…! Ése era mi tío Benito, el carbonero de Calahorra… Tantos años de fingir han acabado por hacer que me crea mis propias mentiras, y confunda a los pobres palurdos de mi mísera familia con los de la familia real… *(se pone en pie pesadamente)* ¡Bien, Santillana, si no necesitáis nada más de mí, permitidme que me retire a mis aposentos…

(SANTILLANA le interrumpe con un gesto, invitándole a continuar sentado)

SANTILLANA: ¡No, esperad…! Aún hay algo que necesito de vos.

ESPINOSA: ¿Y es…?

SANTILLANA: Un juramento.

ESPINOSA: ¿Juramento…? Sabéis mejor que nadie que ya no estoy en disposición de hacer juramentos.

SANTILLANA: A mí sí…

ESPINOSA: ¿Y es…?

SANTILLANA: En realidad no es uno, sino varios… *(medita unos instantes)* Imaginaos por un momento, ¡sólo imaginaos!, que consiguiera salvaros la vida. ¿Juraríais por vuestro honor de rey, o de truhán, cumplir con cuanto os pidiera?

ESPINOSA: ¡Desde luego!

SANTILLANA: ¿Juraríais abandonar España, Portugal y todos sus territorios sin volver jamás a ellos?

ESPINOSA: *(firme)* ¡Lo juro desde ahora!

SANTILLANA: ¿Y juráis prolongar la promesa que hicisteis ante el Santo Sepulcro, y no revelar a nadie vuestra auténtica identidad ni aun después de muerto?

ESPINOSA: ¡Lo juro!

SANTILLANA: ¿Y juráis igualmente que renunciáis al trono de Portugal, tanto para vos como para vuestros descendientes?

ESPINOSA: ¡Lo juro!

SANTILLANA: ¿Y juráis, por último, no poneros en contacto jamás con doña Ana de Austria, ni revelar a nadie el contenido de esta conversación?

ESPINOSA: Mucho estáis exigiendo a cambio tan sólo de una vida. ¿En qué me habré

convertido si acepto tan férreas condiciones?

SANTILLANA: En lo que siempre fuisteis: en un hombre
sin pasado ni futuro, que nació de la nada
y hacia la nada se encamina. En un su-
plantador de personalidades condenado a
simular eternamente y a ocultar un terrible secreto. En una palabra… ¡En nadie!

ESPINOSA: ¡Suena espantoso…!

SANTILLANA: Peor suenan la trampilla de la horca,
el piafar de los caballos desbocados, o el
bullir del plomo derretido. ¡Decidíos…!
Si juráis, existe una remota posibilidad,
una entre un millón, de que pueda salvaros…

ESPINOSA: *(sereno)* ¡Lo juro!

*Oscurece muy lentamente pero casi al instante la luz
comienza a surgir del ventanuco de la celda en la que se
encuentra arrodillada DOÑA ANA DE AUSTRIA.*

*Se escuchan, nítidos, fuertes latigazos acompañados de
un jadear agónico y ahogados lamentos.*
La muchedumbre grita enfervorizada.
*Un aullido de dolor obliga a doña Ana a dar un res-
pingo.*
Nuevos gritos.
*El estrépito de una trampilla de madera al abrirse y un
cuerpo que cae sordamente.*

Doña Ana inclina la cabeza como muerta.

Piafar de caballos.

Chasquear de látigos.

Un común rugido de entusiasmo de la multitud.

Doña Ana cae redonda como abatida por un rayo.

Golpear de cascos de caballos que se alejan en distintas direcciones.

Silencio.

DOÑA ANA solloza mansamente mientras la luz del ventanuco comienza a oscurecerse y...

Se ilumina de nuevo el despacho de RODRIGO DE SANTILLANA que permanece sentado en el mismo lugar y en idéntica posición, hasta que la puerta se abre y entra el SECRETARIO que trae una botella en las manos y la coloca sobre la mesa tomando asiento.

SECRETARIO: ¡Buenas tardes, don Rodrigo!

SANTILLANA: ¡Buenas tardes, Excelencia!

SECRETARIO: No parecéis sorprendido al verme.

SANTILLANA: ¿Por qué habría de estarlo? Esta mañana me avisaron de vuestra llegada, y además os esperaba... Ya han pasado diez días...

SECRETARIO: *(sin comprender)* ¿Diez días?

SANTILLANA: De la ejecución... *(señala la botella)* ¿Venís a brindar por el fin de ese desgraciado?

SECRETARIO: *(un tanto incómodo)* Ésa era mi intención, pero si os molesta...

SANTILLANA: ¿Por qué habría de molestarme? Un día u otro tendría que ser, y «vuestros vinos» tienen justa fama de ser los mejores y más eficientes del país.

SECRETARIO: *(confuso)* ¿Eficientes?

(SANTILLANA, que se ha puesto en pie, busca dos copas en el canterano y las coloca sobre la mesa, junto a la botella, permitiendo que el otro sirva y dándose media vuelta ostentosamente como para darle ocasión a que manipule la bebida, cosa que el otro hace dejando caer unos polvos de su anillo en una de ellas)

SANTILLANA: Yo me entiendo... ¿Cómo se encuentra Su Majestad?

SECRETARIO: Cansado y enfermo, pero resistiendo. Me ha encargado que os comunique que se siente muy satisfecho de cómo habéis llevado adelante este asunto.

(SANTILLANA, que ha tomado asiento nuevamente, extiende la mano, se apodera de la copa que el otro ha colocado ante él, y a punto ya de llevársela a los labios asiente)

SANTILLANA: Lo supongo. Por cierto... ¿Sabíais que mi familia se encuentra en Roma? El Papa la pone a su servicio.

(el SECRETARIO se agita levemente en su sillón como si algo comenzase a inquietarle, aunque desde su llegada abriga una extraña sensación que no acaba de definir)

SECRETARIO: ¿Y eso...?

SANTILLANA: Los aires de España no le sentaban bien. Últimamente se habían enrarecido mucho... *(prueba un sorbo, mojándose apenas los labios)* Allí estará a salvo.

SECRETARIO: ¿A salvo de qué?

SANTILLANA: De posibles represalias. *(bebe un corto trago)* A don Felipe no va a gustarle la carta que recibirá esta misma tarde.

SECRETARIO: *(francamente alarmado)* ¿Carta...? ¿Qué carta?

SANTILLANA: La que le entregará mi secretario y en la que le hago notar que pagar la fidelidad con la traición no es política que dé siempre el resultado apetecido. A veces, se vuelve contra uno.

SECRETARIO: No os comprendo.

SANTILLANA: Pronto me comprenderéis. *(bebe de nuevo y muestra la copa)* Supongo que esto no actuará demasiado aprisa. Me dejará unos minutos para disfrutar de vuestro miedo, porque lo más probable es que el rey, al advertir cuán involucrado estáis en este asunto, os haga pasar por lo que yo estoy pasando ahora.

SECRETARIO: *(impaciente y fuera de sí)* ¡Dejaos ya de charadas, don Rodrigo! ¿A qué diablos os estáis refiriendo?

SANTILLANA: *(sonriendo con tristeza)* A traición y muerte, amigo mío... Yo jamás hubiera osado traicionar a mi señor, y hasta esta misma mañana abrigué la esperanza de que mis temores resultaran infundados y el rey se dignara «perdonarme» por haberle servido con tanta abnegación. Pero al veros, conociendo vuestra triste fama, comprendí que no podía hacerme vanas ilusiones, por lo que decidí traicionarle. Ya no podrá dormir en paz aterrorizado por la posibilidad de que le arrebaten el trono de Portugal, y porque la sombra de su sobrino, don Sebastián, continuará persiguiéndole dondequiera que se encuentre.

(el SECRETARIO opta por ponerse en pie al tiempo que señala con gesto de profundo desprecio)

SECRETARIO: Resulta evidente que desbarráis... Este asunto ha concluido y ya nada más me queda por hacer aquí... Hasta nunca, don Rodrigo.

(se encamina a la puerta, pero SANTILLANA señala serenamente:)

SANTILLANA: ¡No estéis tan seguro de eso, malnacido! Me llevaréis con vos hasta el fin de vuestros días, que están muy cerca, tenedlo por seguro. Tan seguro como que don Sebastián de Portugal, o Gabriel de Espinosa, ¡que tanto da uno que otro, y poco importa en realidad quién sea!, galopa en estos momentos hacia la frontera y ya nadie podrá detenerle.

(el SECRETARIO, que se ha detenido en seco a mitad de camino, advierte cómo las piernas le flaquean y tiene que buscar apoyo en un sillón para no caer al suelo)

SECRETARIO: ¿Os habéis vuelto loco…? ¿Qué tontería estáis diciendo? Don Sebastián, Espinosa, o quien quiera que fuera, fue ejecutado hace diez días en Madrigal.

SANTILLANA: ¿Vos lo visteis…? ¿No…? ¿Quién lo vio entonces…?

SECRETARIO: Cientos de personas. Fue azotado, ahorcado y descuartizado en público. ¡Todos lo vieron!

SANTILLANA: ¡Os equivocáis una vez más! Cientos de personas vieron azotar, ahorcar y descuartizar a un pobre hombre barbudo, harapiento y de rostro desfigurado por los golpes… uno de tantos reos. Pero nadie… ¡oídme bien…! nadie más que yo, y mi secretario, al que había enviado esos días a Madrid, conocía en Madrigal al auténtico reo.

(el SECRETARIO parece a punto de sufrir un desvanecimiento y aferrándose con más fuerza al respaldo del sillón inquiere con un hilo de voz:)

SECRETARIO: ¿Pretendéis hacerme creer que ejecutasteis a otra persona en su lugar?

(SANTILLANA, que ha cerrado los ojos unos instantes y respira fatigosamente, como si empezara a faltarle el aire, se lleva la mano al pecho y hace un supremo esfuerzo por evitar dejar escapar un lamento. Por último, suspira profundamente y abre los ojos tratando de sonreír en lo que constituye casi una mueca)

SANTILLANA: Empezáis a entenderlo, sucio bastardo. Otro condenado: un pobre campesino que había degollado a su amo, tenía que ser ahorcado la próxima semana, y no existía posibilidad alguna de perdón para él. Dejaba mujer y cinco hijos en la más absoluta miseria, y le ofrecí una pequeña fortuna a cambio de ocupar el puesto de don Sebastián. *(sonríe)* ¡Me besó las manos! Os juro, pequeño asesino hijo de puta, que me besó las manos y subió al cadalso tan orgulloso como un rey… *(lanza un lamento y se abraza el estómago mientras su rostro se contrae por el dolor)* ¡Ya hace su efecto…! ¡Ya queda poco…! Aun así me mantuve fiel, reteniendo a Espinosa hasta esta misma mañana, y lo hubiera seguido siendo, si el rey no me hubiese pagado con tan amarga moneda… ¡Y ahora marchaos, lechuguino verdugo de encaje y guantes! ¡Dejadme morir en paz librándome de vuestra asquerosa presencia que en realidad me causa más daño que el propio veneno! ¡Marchaos y empezad a sudar pensando en quién enviará don Felipe a cerrar vuestra boca como cierra la mía…! ¡Marchaos os digo, que ensuciáis el momento más hermoso de mi vida con vuestra presencia…! ¡¡FUERA…!! ¡¡FUERA…!!

(el SECRETARIO abandona precipitadamente la estancia y SANTILLANA queda solo, con la vista perdida en la distancia, tratando inútilmente de contener el dolor mientras gruesas lágrimas bañan mansamente sus mejillas. Por fin cierra lentamente los ojos e inclina la cabeza sobre el pecho mientras cae muy despacio el telón)

FINAL

ÍNDICE

OTROS TÍTULOS DE LA COLECCIÓN

Patricia Cornwell

UN AMBIENTE EXTRAÑO

Kay Scarpetta viaja a Dublín para investigar una serie de asesinatos cometidos en Irlanda diez años atrás. Estos presentan algunas similitudes con el caso del Carnicero, que ha sumido en el pánico a los habitantes de Virginia, y se intenta establecer si ambos sucesos presentan características comunes. De vuelta en Estados Unidos todo se precipita: el torso de una mujer aparece en un vertedero con los miembros amputados e inquietantes señales de herpes en determinadas zonas. El arma ha sido una sierra de carnicero, como en los casos irlandeses, pero la forma de amputar no responde al mismo patrón. Todo parece indicar que se trata de asesinos distintos, hasta que la doctora Scarpetta recibe el primero de una serie de macabros mensajes por correo electrónico firmados por «muerteadoc».

Robert Crais

EL DESCONOCIDO

Una llamada de la policía interrumpe el sueño del detective Elvis Cole: alertados por un disparo, han encontrado a un hombre herido en un callejón. Poco antes de morir, el desconocido afirma buscar a su hijo: Elvis Cole. Obsesionado desde la infancia por no haber conocido a su padre, Cole decide investigar con la ayuda de su compañero y confi dente Joe Pike. Pero con cada nueva pista que desvelan se adentran un poco más en un terreno plagado de espantosos asesinatos que pudo haber cometido el hombre sin identidad. Cole no sabe que su investigación está despertando la atención de otro monstruo: un sanguinario asesino que está violentamente conectado con el pasado del desconocido. Antes de que el detective consiga encontrarlo, y temeroso de que le dé caza, el psicópata se lanzará al ataque.

Anne Rice

LA MOMIA

Ramsés es inmortal, vive a través de los siglos. Pero ha bebido el elixir de la vida y se ha convertido en Ramsés el Maldito, condenado a recorrer la tierra para saciar afanes que nunca verá satisfechos: de comida, de vino, de mujeres. De nuevo Anne Rice se sirve de un personaje sobrehumano para someterlo a la más humana de las condiciones: la pasión.

La momia recobra la vida en el Londres eduardiano y regresa a El Cairo con la personalidad asumida del doctor Ramsey, egiptólogo. Lo persigue el recuerdo de su última reencarnación como amante de Cleopatra. Su anhelo por la Reina de Egipto le lleva a cometer un acto que devastará los corazones de quienes le rodean.

Lisa Kleypas

EL AMANTE DE LADY SOPHIA

Londres, comienzos de la era victoriana. La ciudad es escenario de una encarnizada lucha contra el crimen. Desde la muerte de su hermano menor, Lady Sophia Sydney tiene un solo objetivo: seducir al juez que lo encarceló y destruirlo política y personalmente. Ross Cannon es el magistrado más poderoso de Londres y su reputación es inmaculada. Apodado el Monje de Bow Street por el celibato en que vive desde que murió su esposa, Cannon es desde el primer momento una persona muy diferente de lo que se imaginaba Sophia. Pero la dama tiene una misión que cumplir y, utilizando todos sus encantos, logra volver al juez loco de deseo por ella. Sophia sabe que Ross la ama. Lo que no sabe —o no quiere ver— es que la pasión que ha encendido no dejará indemne su propio corazón.